最是人间
留不住

陈振林◎著

時代文藝出版社

图书在版编目（CIP）数据

最是人间留不住 / 陈振林著. —长春：时代文艺出版社，2018.11

ISBN 978-7-5387-5957-0

Ⅰ. ①最… Ⅱ. ①陈… Ⅲ. ①散文集－中国－当代 Ⅳ. ①I267

中国版本图书馆CIP数据核字（2018）第158211号

出品人 陈 琛
产品总监 郭力家
选题策划 凌 翔
方 伟
责任编辑 田 野
助理编辑 吕 天
装帧设计 孙 利
排版制作 隋淑凤

最是人间留不住

陈振林 著

出版发行 / 时代文艺出版社
地址 / 长春市泰来街1825号 时代文艺出版社 邮编 / 130011
总编办 / 0431-86012927 发行部 / 0431-86012957 北京开发部 / 010-63108163
官方微博 / weibo.com / tlapress 天猫旗舰店 / sdwycbsgf.tmall.com
印刷 / 三河市万龙印装有限公司
开本 / 640mm × 910mm 1 / 16 字数 / 167千字 印张 / 14
版次 / 2018年11月第1版 印次 / 2018年11月第1次印刷 定价 / 30.00元

目　　录

序　一路上寻找我遗失的美好 . . .001

辑一　精美风俗画

最忆端午的龙船 . . . 002
常记人间七月半 . . . 010
清明一霎又今朝 . . . 013
四十不惑说过年 . . . 016
中秋时节诗里月 . . . 026
冬闲时节闲不住 . . . 028
倾听生命叮咚声 . . . 030

辑二　壮美旧俗事

我的幸福我的家 . . . 034
我的村子我的爱 . . . 045
我的小学我的情 . . . 052

我的快乐我做主 . . . 057

辑三　淳美脱俗情

阳光洒在我们的身上 . . . 068
月季花开 . . . 070
爬山虎 . . . 072
乡月 . . . 074
1980 年冬天的一个大雪人 . . . 076
姆妈 . . . 080
我对他有愧疚 . . . 084
我不原谅他 . . . 087
小时候常听的故事 . . . 090
魂牵梦绕东荆河 . . . 092
一方池塘一方梦 . . . 095
此生最美的风景 . . . 098
请母亲上餐馆 . . . 101
木盒里的秘密 . . . 104
鞋 . . . 107
豆瓣酱香 . . . 111
禾场月色 . . . 114
馍香入梦来 . . . 117

辑四　秀美屐痕处

竹韵 . . . 122

新桃源记 . . . 123
拙归园记 . . . 125
深圳的海 . . . 127
游白帝城 . . . 130
烟雨凤凰游 . . . 133
古朴赖桥休闲行 . . . 137
桃花未开正看时 . . . 143
武大樱花寻不见 . . . 147
长江采风半日行 . . . 151
重阳登高塔市驿 . . . 154
胜日寻芳故道边 . . . 158

辑五　大美民俗风

听取蛙声一片 . . . 164
怀念书信 . . . 167
旅行 . . . 170
坚硬的水 . . . 173
只留清气满乾坤 . . . 175
蝴蝶翩翩入梦来 . . . 178
老家屋后大柳树上的花喜鹊 . . . 183
在心间植一株清莲 . . . 188
我的影视生活 . . . 190
我的丰盛餐桌 . . . 194
我有小人书 . . . 197

国的稳步发展。对于自我，中华传统文化主张“修身养性”，而不是放纵自大；对于人际关系，中华传统文化主张“以和为贵”，而不是冲突暴力；对待自然，中华传统文化主张“天人合一”，而不是征服万物。

这本小书，是我作为炎黄子孙，面对中华传统文化写下的些许断章。虽是断章，却有线索。以中华传统文化的外在表象为明线，以个人对文化的感悟为暗线，自然地分成了精美风俗画、壮美旧俗事、淳美脱俗情、秀美履痕处、大美民俗风五部分。“精美风俗画”是描写与中华传统节日有关的习俗，“壮美旧俗事”是叙写与中华文化相关的系列旧事，“淳美脱俗情”是记录人与人之间纯朴、淳厚的情感，“秀美履痕处”是我四处游走时的点滴感悟，“大美民俗风”是展现炎黄子孙身上的系列优秀品质。

这些或栩栩如生的描写，或娓娓道来的叙述，或处变不惊的抒情，或信马由缰的议论，都只是一个开始。保护中华传统文化，守住我们的精神家园，任重而道远。好在我们的炎黄子孙已经开始行动。

每年六月的第二个星期六，被定为中国的“文化遗产日”。至此，我国已经有了文化遗产日、文化遗产标志和文化遗产保护公益歌曲，这对于增强全体民众的文化遗产保护意识将会起到十分积极的促进作用。

九三学社也曾有过提案，主张传统文化保护应推行政府主导、社会参与的形式，发动全民参与、保护民族民间文化的热情，依靠民间力量和民间资源，号召人民拿起笔，利用自己的照相机、摄像机，记录身边的民族、民间文化遗产。

记得有句歌词说：我始终带着你爱的微笑，一路上寻找我遗失的美好。在实现中华民族伟大复兴的时刻，我们要始终带着爱的微笑，一路上寻找我们中华民族遗失的美好，用我们的实际行动守住我们的精神家园。

辑一／精美风俗画

《边城》中的主人公翠翠在看完龙舟赛后又看了抢鸭的游戏，面对着小伙子傩送，望着潭中那只白鸭慢慢向翠翠所在的码头边游过来，翠翠想："再过来些我就捉住你！"于是她静静地等着，等着她心中的端午。

最忆端午的龙船

端午节是有不少习俗的。

作家汪曾祺老先生的美文《端午的鸭蛋》，选进了中学语文教材。文中是这样写端午节习俗的：

> ……系百索子。五色的丝线拧成小绳，系在手腕上。丝线是掉色的，洗脸时沾了水，手腕上就印得红一道绿一道的。做香角子。丝丝缠成小粽子，里头装了香面，一个一个串起来，挂在帐钩上。贴五毒。红纸剪成五毒，贴在门槛上。贴符。这符是城隍庙送来的。城隍庙的老道士还是我的寄名干爹，他每年端午节前就派小道士送符来，还有两把小纸扇。符送来了，就贴在堂屋的门楣上。一尺来长的黄色、蓝色的纸条，上面用朱笔画些莫名其妙的道道，这就能辟邪么？喝雄黄酒。用酒和

的雄黄在孩子的额头上画一个王字，这是很多地方都有的。有一个风俗不知别处有不：放黄烟子。黄烟子是大小如北方的麻雷子的炮仗，只是里面灌的不是硝药，而是雄黄。点着后不响，只是冒出一股黄烟，能冒好一会儿。把点着的黄烟子丢在橱柜下面，说是可以熏五毒。小孩子点了黄烟子，常把它的一头抵在板壁上写虎字。写黄烟虎字笔画不能断，所以我们那里的孩子都会写草书的“一笔虎”。还有一个风俗，是端午节的午饭要吃“十二红”，就是十二道红颜色的菜……

我们江汉平原水乡，和老先生的江南，端午的习俗大多相近。只是没有吃过“十二红”，其他的我小时候都见过。但听说雄黄酒有毒，所以现在的人们早已不喝了。倒是现在仍有人在家门口挂些艾草，有些气味，算是驱邪吧。直到艾草枯干了叶也不取下来，想来应该是有些功效了。我们小孩子盼望着端午，其实是想吃到新上门的女婿（大多是嫡亲的，也可以是房族里不太亲的）送来的馒头、包子和油条，那是极少有零食时代的我们的最爱。我们不知道，这些最爱食物的代价，父母是出了更多的钱的——必须给上门女婿打发钱。

我们这儿的特别之处是有三个端午节，五月初五是小端午，五月十五是大端午，五月二十五是末端午。每个端午当然都是节日。如今，要是“全国假日办”知道了这事，不知是不是能给我们多些假日呢?

水乡五月芦苇秀，十里八乡粽飘香。若闻远处锣鼓响，便是小河来龙船。记忆中的端午带着故乡的烙印，每到这个时节便如约而至，回荡在我的脑海中，萦绕在长长的岁月里。

农历五月，正是种稻插秧的时节。虽说有些忙，但是也少不了串串亲戚，看看龙船。每年五月照例会有几场龙船会，那个时候几乎每个村一，至少有这么几种：

一、为了纪念楚大夫屈原投江。屈原力倡举贤任才，富国强兵，却遭到一些贵族的强烈反对，因而被革职流放，并于农历五月五日投江自杀。在流放中，屈原写下了忧国忧民的《离骚》《天问》《九歌》等不朽诗篇。这种说法被普遍接受，其文字记载见于《续齐谐记》："楚大夫屈原遭谗不用，是日投汨罗江死，楚人哀之，乃以舟楫拯救。端阳竞渡，乃遗俗也。"后人在农历五月五日划龙船于江上，以纪念屈原。

二、为了纪念春秋时代的伍子胥。伍子胥名员，楚国监利人，父兄均为楚王所杀，后来子胥弃暗投明，助吴伐楚。吴王阖庐死后，其子夫差继位，大败越国。伍子胥建议彻底消灭越国，夫差不听，并且听信谗言，赐死伍子胥。这就是《史记》记载的"吴王闻之大怒，乃取子胥尸盛以鸱夷革，浮之江中"。子胥本为忠良，视死如归，死前对人说："我死后，将我眼睛挖出悬挂在吴国京城的东门上，我要看着越国军队入城灭吴。"为纪念伍子胥，后世遂于农历五月五日划龙舟，作救伍员之状。

三、为了纪念越王勾践操练水师，打败吴国。《古今事物原始》记载：越地传云，竞渡之事起于越王勾践，今龙舟是也。吴越交战，勾践被俘，在吴国过了三年忍辱负重的生活后被放回越国。回国后，他卧薪尝胆，立志雪耻，于当年农历五月五日成立水师，终于在数年后一举灭吴。后人为了昭彰勾践这种坚韧不拔的精神，便效仿越国水师演练的情景，于事物原始五月五日这一天划船竞渡，以表纪念。

四、为了纪念东汉孝女曹娥救父之事。曹娥是东汉上虞人，父亲溺于江中，数日不见尸体。当时曹娥年纪尚幼，昼夜沿江号哭，并于农历五月五日跳入江中，数日后曹娥抱着父亲尸体浮出水面。不久，曹娥的事迹传至官府，当局者为之立碑颂扬。后人为纪念曹娥的孝节，在曹娥投江之处兴建曹娥庙，把她所住的村庄改名曹娥镇，将曹娥殉父之水易名为曹娥江。《孝女曹娥碑》云：五月五日，时迎伍君，逆涛而上，为水所淹。

这些说法虽然各有道理，但有一个基本问题无法解释，即不管是为纪念谁，何以原本严肃的祭祀后来变成了民众的狂欢？如果纪念屈原的忠贞，应该以其悲壮的经历激励后人。如果纪念伍子胥的冤死，应该充满了对死者的悲伤。如果纪念勾践的复国，应该重温他卧薪尝胆的精神。如果纪念曹娥的精诚，应该凭吊这位孝女。但是，自古以来，中国各地的划龙船无一不是倾城狂欢。也许中国人真的善于遗忘，或者善于移情，他们不忍把春夏之交的好时光，变成凄凄惨惨的纪念日，所以任凭屈原、曹娥在水中煎熬，他们却不妨享受人间的嬉戏、世俗的欢愉。

端午的划龙船，其狂欢的内容不仅限于赛龙舟。把狂欢推向高潮的是一个特别的节目：将活鸭子抛入水中让众人争夺，是为“抢标”。清人笔下常常写到抢鸭之戏，如范祖述《杭俗遗风》云：“西湖有龙舟四五只……如抛物件，各龙舟水手下水争抢。最难者莫如钱、鸭二物。钱入水即沉，鸭则下水游去。各舟争逐，大有可观。”这说的是杭州，扬州亦是如此。《扬州画舫录》云：“龙船自五月朔至十八日为一市……小船载乳鸭，往来画舫间。游人鬻之掷水中，龙船执戈竞斗，谓之抢标。”沈从文先生的《边城》中写得最有意思：

赛船过后，城中的戍军长官，为了与民同乐，增加这个节日的愉快起见，便派兵士把三十只绿头长颈大雄鸭，颈脖上缚了红布条子，放入河中，尽善于泅水的军民人等，自由下水追赶鸭子。不拘谁把鸭子捉到，谁就成为这鸭子的主人。于是长潭换了新的花样，水面各处是鸭子，同时各处有追赶鸭子的人。

船与船的竞赛，人与鸭子的竞赛，直到天晚方能完事。

我们可以想象河里、岸上欢声笑语不断，呐喊、加油声一浪高过一浪的快乐场景了。这分明就是一幅生动的风俗画啊！

千年的习俗传承到今天，在古楚原乡，离湖故地，村村自发的龙船锣鼓已经渐行渐远，现在很多河道也已不再适合龙船的划行。不知是时代变化得太快，还是自己的思想过于守旧？每每想起，我们总是怅然若失。

大约在2005年时，湖南卫视曾现场直播“端午祭祀屈原”活动。船队从屈原故里秭归出发，行至汨罗江屈原投江处，途经我在长江边的老家。那大大的龙舟，现代的音乐，俗套的讲演，嘶哑的朗诵，我看不出一点儿端午的味道。

顺便说说在这个日子里不得不提的一种食物——粽子。好多异地谋生的家乡人，南南北北也到过不少地方，吃过各种馅料的粽子，但最多只吃一个，很少有吃第二个的欲望。可是，他们记得小时候家里包的没有任何馅料的糯米粽，不蘸白糖都能吃上好几个，于是怀疑是材料的问题，特意托人捎去老家的糯米，包了些感觉跟少年时一样的粽子。可包出来的粽子依然不是往昔那清香的味道，没有那久违的粽香。其实，时间长了我们就会慢慢释然，曾经的美味只属于那个特定的环境。农田劳作回来的午后，从柴火灶头捞出来煨锅里犹有余温的粽子。那粽子出自母亲的手，由水乡没有被环境污染的苇叶和糯制成米，才能激起我节日期间大快朵颐的迫切心情……

如今，每年端午前后，全国各地都会有大大小小的龙舟赛，有些赛事还是国际性的。我在荆州时看过一次国际龙舟赛，有外国友人组队参加，热闹得很，可是，没有一点儿端午的味道。

《边城》中的主人公翠翠在看完龙舟赛后又看了抢鸭的游戏，面对着小伙子傩送，望着潭中那只白鸭慢慢向翠翠所在的码头边游过来，翠翠想：“再过来些我就捉住你！”于是她静静地等着，等着她心中的端午。

可是，我们的端午呢？

常记人间七月半

赤日炎炎的夏日里，是会遇见七月半的。

七月半，农历七月里月亮最圆的一天。生活中忙碌的我们，应该会停下自己的脚步，因为，这一天是要想起自己逝去的亲人的。小时候，年长的人告诉我们说：这是逝去的爷爷奶奶在过年哩。小伙伴们会叫起来：今天是“鬼节”。“鬼节”即中元节，是以祭祀鬼为主的节日。但即使年幼的我们，对“鬼节”也并不害怕。因为这一天，是逝去的亲人们的节日。

我读小学二年级的时候，刚进七月，父亲就张罗开了：“今年你来给爷爷奶奶写袱包吧。”第二天，父亲就上街买来了钱纸（专门用做纸钱的纸张），小心地裁成书本大小，整理成一小沓一小沓。然后，他拿出纸戳（铁制的，一端有锋利的圆形小口，是做纸钱的工具），用根木棒敲打纸戳，一下一下地戳在一沓一沓的钱纸上。我呢，就在一旁将戳好的纸钱一张一张地撕开。父亲说，这就是爷爷奶奶用的钱了。我于是小心翼翼地撕，生怕撕破了，让爷爷奶奶不好使用。纸钱得包上封皮，像包新书一样——用钱纸做成的封皮将十来张纸钱包成一小包，这样就成了袱包。袱包是有数量的，父亲心中有数，会计划着写给逝去的亲人，谁几封，谁又几封。

我不知道怎样写袱包，父亲就先写好影本，然后让我照着他写好的袱包写。我的毛笔字写得不够好，就想用圆珠笔来写。父亲说，用圆珠笔写，爷爷他们看不懂哩。这下正好我又可以练习毛笔字了。父亲是个教师，字写得好，当然不会放过训练我写字的机会了。袱包上是有人名的，我记得给爷爷奶奶写得最多。父亲写：孝男均柏（父亲名）寄，故显考……中元，上奉袱钱二十八包。袱包反面是个大大的“封”字，当然只能是收信人收了。我最喜欢写这个“封”字，还像父亲一样写成草书的样子。父亲写什么，我就写什么，内容不懂我就问。那时，才读二年级的我，就知道什么是“孝男”，什么是“故显考”，什么是“中元”，忍不住在伙伴面前炫耀一番。父亲说：“明年就署上你的名字吧，写‘孝孙金虎寄’（‘金虎’是我的小名）。”我心里甭提多高兴了，爷爷奶奶在天有灵，知道他们的孙儿在给他们写袱包、送纸钱，他们肯定会开心。

父亲有个姐姐，名叫明武，不到十岁就夭折了。父亲说：“得为你明武姑写几封。”他就自己写起来，边写边对我讲他的明武姐姐的故事。同族的亲人中也有去世的，父亲也一一写来，写多写少由父亲决定。给亲人们的袱包写完后，父亲还得再写两封。一封写给那些找不到家的孤魂野鬼，让他们也有钱用；一封写给“车夫”，爷爷奶奶这么多的钱，不请车夫怎么行呢？

过了七月初十，到七月半之前，每天傍晚时分，就是烧纸钱的时候。这一天的晚饭必须有煎冬瓜这碗菜。母亲说冬瓜是逝去亲人们的美味佳肴哩。我当然相信这句话，烧纸钱的时候，我就会按母亲的吩咐，盛半碗饭，夹上几块煎冬瓜，倒点儿茶，做成“水饭”，这是供给逝去亲人们的。

烧纸钱的地点一般在自家房前。从谷草堆里拉过一大把干燥的谷草，垫在地上，然后在谷草上将袱包端端正正地摆成方格形（这样便于燃烧）。先点燃零散的纸钱，再用燃烧的纸钱点燃袱包。烈火熊熊，父亲仍然担心那些袱包烧不过心（不能完全燃烧），便拿了小树枝，轻轻地拨弄，又端来做好的“水饭”，撒在钱堆的正前方，再点燃三炷香，插在钱堆的正后方。在夏日的高温里，我们用我们的虔诚与逝去的亲人们对话。

接下来的几年里，每年七月半，我总会按父亲的要求写好袱包，我的毛笔字也大有长进。后来，渐渐长大的弟弟也参与进来了。我和弟弟读完了中学，每年七月半时，都实在抽不出空回到老家，但我们知道，父亲仍然坚持写袱包。在城里读书的间隙，七月半的时节，我也见过人写袱包。那纸钱已不是用纸戳戳成的，是买来的冥钞，用薄薄的纸封着；那封皮，居然有用钢笔或圆珠笔写成的；烧袱包的时候，没有摆成方格形，没有那“水饭”。我很疑惑，我们对亲人的思念之情能否送达呢？

袱包是我们写给逝去亲人的书信，上面写着我们满满的思念。

七月半又到，日落时分，大街小巷，村村落落，青烟缭绕，纸钱飘飞，又是我们思念亲人的季节了。

清明一霎又今朝

清明一霎又今朝。

杜牧的千古佳作从头脑里闪过："清明时节雨纷纷，路上行人欲断魂。借问酒家何处有，牧童遥指杏花村。"春雨绵绵，春意纷纷，不知是离人泪还是老天情，都蕴含在纷纷雨里，依附在断魂人上，消逝在浇愁酒中。一幅冷色调的图画浮现出来：坟堆旁，墓碑前，立着三五个人，焚香、烧纸，默默无语，飞扬的纸灰里撒满了沉重的哀思……

这是想象中的清明节，这是传统意义的清明节。古时有"寒食上墓"的习俗，因寒食节与清明节相接，后来就变为清明扫墓。旧时扫墓十分流行，据《京都风俗志》载："是日倾城上冢，九门城外，自晨至暮，处处飞灰，其野店荒村，酒食一罄。"据说这清明扫墓的源头，竟然和"智慧化身"的诸葛亮有关。诸葛亮治蜀，深得人心，但去世后朝廷却没有为他盖庙，于是百姓就在清明前后于田野道路上拜祭。其后，朝廷自省如此扫墓措置不当，下令附祭诸葛亮于先祖（刘备）庙，但清明拜祭的风俗已经形成，并演变为各人祭扫先人坟墓了。也许这是人们对神化了的孔明先生的另一种崇敬，之前清明扫墓也肯定是有的，大概到了这时才真正成了习俗。

真正意义上的清明不只是扫墓。

清明时节有插柳之习俗。《风土记》称清明为“柳节”。人们或是把攀折下来的柳枝插到屋檐下或门窗上，或是直接把柳枝插在头上。尤其是妇女，她们用柳条编成精巧的圈插在鬓上表示青春常在。民间有“清明不戴柳，来生变黄狗”“清明不戴柳，红颜成皓首”的谚语，似是分别对儿童、妇女而言。近人杨韫华《山塘棹歌》云：“清明一霎又今朝，听得沿街卖柳条。相约毗邻诸姐妹，一株斜插绿云翘。”这说明还有人借插柳而卖柳，赚点儿辛苦钱哩。《唐书》上也有这样的记载：唐中宗在清明节赐臣子以柳条，编织柳圈，以避虫疫。传世名画《清明上河图》中绘有一顶自汴京郊外扫墓归来的轿子，上面插满了杨柳枝，这又可见宋代此风俗之炽盛。

清明插柳习俗的源起，据说与悼念介子推有关。春秋时，介子推随晋公子重耳流亡列国，曾割下大腿上的肉给重耳充饥。重耳当上国君（晋文公）后，介子推偕母亲隐居绵山。晋文公下令烧山以逼他出来受封。介子推不肯，和母亲靠在一棵大柳树下被活活烧死。翌年，文公与群臣去绵山祭奠，行至坟前，只见死柳复活，千条柳丝随风曼舞。文公掐了一根，编一个圈戴在头上。群臣见了，也学着折柳插在头上。插柳习俗由此而生。宋人黄庭坚曾写过一首诗《清明》：“佳节清明桃李笑，野田荒冢只生愁。雷惊天地龙蛇蛰，雨足郊原草木柔。人乞祭余骄妾妇，士甘焚死不公侯。贤愚千载知谁是，满眼蓬蒿共一丘。”诗中“焚死不公侯”的“士”就是介子推。“人乞”则指齐国一人，他每天外出向扫墓的人乞讨祭祀后留下的酒食，回家后却像妻妾夸耀是别人请他吃饭。诗人描写清明时节之景，借乞食的齐人和焚死的介子推，抒“贤愚难辨”之情，实在是妙！

清明时节还盛行各种户外活动，如秋千、蹴鞠、斗鸡、放风筝，等等。唐代诗人韦庄有诗曰：“满街杨柳绿丝烟，画出清明二月天。好是隔帘花树动，女郎撩乱送秋千。”诗的后两句写女子在花树深处荡秋千，若隐若现，煞是好看。秋千如今还是可以荡的；但作为中国古代足球的蹴鞠，唐宋时盛行，如今已失传了；斗鸡也极少见了。如今依然盛行的活动就是放风筝了。“草长莺飞二月天，拂堤杨柳醉春烟。儿童散学归来早，忙趁东风放纸鸢。”这是孩子们的乐趣。飘满风筝的天空，又何止是孩子们的天堂！风和日丽，湛蓝的天空中，各式各样的风筝，争奇斗艳，有神话故事中的神仙、戏曲中的人物，更有展翅飞舞的蝴蝶、摆尾摇动的金鱼，这又是一幅怎样的美丽图画啊！

春暖花开的清明时节，更是人们踏青郊游的好时光。据《武林旧事》记载：“清明前后十日，城中士女艳妆饰，金翠琛缡，接踵联肩，翩翩游赏，画船箫鼓，终日不绝。”真是好一番热闹的景象。宋代诗人吴惟信的《清明诗》中写：“梨花风起正清明，游子寻春半出城。日暮笙歌收拾去，万株杨柳属流莺。”这首诗生动形象地绘出了一幅人们竞相外出的踏青图。而大文豪欧阳修“南园春半踏青时，风和闻马嘶。青梅如豆柳如眉，日长蝴蝶飞”的词句，更是画出了一幅清新迷人的踏青风俗画。

“清明”两字的来历，据《岁时百问》载：“万物生长此时，皆清洁而明净，故谓之清明。”如今的人们，常常为一种快节奏的生活所累，不如趁着风和日暖的清明时节出去透透气，舒活舒活筋骨。如今的清明，不再是“故园断肠处”，定会是“日夜柳条新”了。

四十不惑说过年

俯仰之间，我就要过第四十个年了。

最快乐的过年记忆当然是少年时。对人情世故似懂非懂的时候，刚到了秋天，就问不停忙碌的母亲："什么时候过年啊？"母亲总是轻轻地笑着说："快了，快了。"年少的我看不懂日历，但看见房前屋后满地的落叶时，我就知道，年快到了。等到母亲拿着大大的锅铲在大大的锅里忙活的时候，我知道年就在眼前了。这是母亲在熬麦芽糖。

金黄的麦芽，和着浸泡后的大米，一起用石磨碾碎，倒进大锅，在红红大火的猛烈攻势下，一个多时辰，化为温柔的糖稀。那沁人的香味，早就飘进了左邻右舍的心里。不管哪家熬麦芽糖，邻居也都来搭搭手帮帮忙。箩筐里装着用细沙炒好的干泡米。干泡米是蒸熟的大米，又借阳光晒干了的。炒熟了，咬起来窸窸窣窣地响，不会硌牙。满屋都是麦芽糖香的时候，母亲知道火候到了。母亲便找来一个大木盆，盆底放些食用油（避免糖稀附在盆上），先将干泡米放进去，再倒入适量的糖稀，用手搅拌均匀。这时候手得利索，因为糖稀的温度高，又粘人，要是粘在手上，会烫得人直叫。不过三分钟，这干泡米就和糖稀融为整体。这时，将大盆子倒在案板上，那盆内大大的圆形饼就出来了。邻居的婶婶们慌忙将菜刀伸了过来——得将还没有完全硬透的麦芽糖切成一小块一小块的。那菜刀昨天就磨洗得光亮了。婶婶们又比赛着，看谁切得快，切得有形。我们呢，就着麦芽糖的温度，小偷似的抢过几小块，急着放进嘴里。那甜味，让我们馋了整整一年哩。

其实，一进入腊月，母亲就更忙碌了。我曾在书上看到，传统意义上的年，应该从腊八开始，到正月十五才结束。腊八应该会有腊八粥，但我从来没有吃过，也许是风俗不同的缘故吧。在江汉平原一带是没有这个习俗的。但我们对年的美好憧憬应该是一样的。

腊月的日程，母亲早已在心里安排好了：哪天打糍粑，哪天做豆腐，哪天煎豆饼，哪天起油货。

起油货这一天名堂最多，我们最喜欢。先是用油炸饺子。水煮的饺子我后来见过，但我总觉得水煮不够有年味，得用油炸才好。做饺子得先调好面粉，母亲有时也加进几个鸡蛋，说这样炸出来的饺子酥一些，才更好吃。和好面，得用擀面杖擀成面皮。这是力气活，父亲在家时就是父亲擀面，但父亲有时不在家，母亲也得披挂上阵。母亲的个子不高，力气不够，站在小板凳上擀面仍然很吃力。我们还小，使不上力气，也只能干着急了。面皮擀好了，用菜刀轻轻一划，那擀面杖上的面皮就像美人脱衣一样，平躺在案板上。母亲继续擀面，剩下的工作就由我来做了。我小心地用菜刀将面皮划成一小片一小片，再在面皮中央用菜刀轻轻地划上三个小口子。包饺子要先拿起一小张面皮，抓住面皮的两角，将两角巧妙地塞进中间的那个小口子里，然后轻轻一拉。这样，一个四角周正、有模有样的饺子就做成了。等到做饺子的工序快完时，母亲就烧起了油锅。我呢，就找来一块小板子，将做好的饺子每次十多个、一次一次地送到母亲烧起的油锅边。饺子炸完了，再用油炸“玉兰片”（玉兰花形状的面食），用油炸“荷叶子”（荷叶形状的面食）。有时，也炸鱼吃。那个年代，能吃到炸鱼当然是更高级别的享受了。

每到这个时节，屋子外边总是刮着凛冽的风，但我们兄弟从来不觉得寒冷。

不管做成了哪样好吃的吃食，前几件成品，母亲总会说上一句：“来，送祖宗那儿去。”我就有些不情愿地用一只碗端了那几件成品，恭恭敬敬地摆放在我家堂屋的神柜上。我知道，这是给先人们吃的。

“腊月二十四，掸尘扫房子”，要过年了，掸尘扫房子是少不了的。这个工作大多由父亲来做。父亲戴了草帽，穿了旧衣，拿着长长的笤帚，先从里屋的屋顶扫起，再扫地面，最后扫屋子外面。母亲呢，趁着天气好，忙着洗晒家里的被单蚊帐，还有一家人的衣服鞋子，好久不穿的衣服也不忘拿出来晒一晒。就这一两天，家里就像变了个样儿似的，宽敞多了，明亮多了。腊月二十四晚上，这是我们的小年夜。这天晚上，母亲还会做一件事——祭灶神。我看见母亲在我家厨房的灶门前虔诚地点上三炷香，烧纸，作揖。我也便跟着作揖。我觉得，灶神肯定是赐予我们每天生活的神仙。

父亲也忙起来了。他在上个月就计划好了，过年时给家里的孩子们买上哪些新衣，家里还得买些什么菜食。这菜食，得管好些天。正月里，按习俗我们是不能上街买菜的。那时的家境不怎么好，拮据的家庭总会有拮据的办法。记得有一年，父亲带着我，挑了一担柴上街卖了，我们回家过年。在街上，父亲买了一根油条给我吃。我和大弟都还小，都想和村里的小朋友一样，想要灯笼。我们要了好几次，父亲终于答应买了，可是他没有买灯笼里的蜡烛。父亲说：“不一定非要用蜡烛才照得亮啊。”于是，父亲带着我们一起动手，用废弃的墨水瓶做成了油灯。没想到，我们的灯笼居然是最亮的。长大以后的我常想：其实啊，自己的光明就在眼前，在自己手中哩。

“千门万户曈曈日，总把新桃换旧符。”写对联，当然是父亲的事了。父亲那时是村小学的老师。我们家的房子不大，每年过年，父亲写了许多对联，将整个房子贴得通红通红。矮小的厨房，父亲也写了“日照厨房暖，风吹菜味香”的话语。这是父亲自作的对联。村子里的对联，几乎都是父亲的杰作。父亲是不要酬劳的，乡里乡亲的，只要买来写对联的红纸就行。有时，有人递过一支烟，父亲高兴得不得了，字也写得更流畅。我和我弟呢，就有点儿惨了，得站在父亲对面帮着父亲牵对联，以免刚写好的墨汁浸坏对联。少不了的，是我和我弟之间的比试，因为天冷手冷，都不想做父亲的帮手。屋子里还会张贴几张年画。好几年我都看见家家户户贴着一张《年年有余》的画。门神大多贴的是秦叔宝、尉迟敬德。那些上门讨口彩的或划彩龙船的人一进门就会唱：走进门啦，把脚跌啊，红纸对子两边贴呀，左边贴的秦叔宝啊，右边贴的胡敬德呀，人也黑也，马也黑也，手拿钢鞭十八节啊……

很快地，就到了除夕。团年宴是这一年里最隆重的节目。村里有兄弟几个的，前几天就安排好，哪天到哪家团年。那气氛，像是过了好几个年一样。我们只有羡慕的份儿，因为父亲没有兄弟。这一天，母亲早早地就起床了。她先走向鸡笼，准备杀只鸡。这是为今天的团年宴准备的，母亲说一年上头得吃只新鲜的鸡。父亲也起得早，他上街去做最后的采购，买点儿新鲜的鱼肉回来。回家的路上，他时不时地与人搭讪：“今日个菜贵得吓人呢。”

在母亲的催促下，一家人急急地吃了早饭。母亲就开始做团年的饭食了。母亲说："团年饭熟得早，早些团年，吉祥。"每年的团年宴，母亲并没有帮手，但不到下午两点，团年饭就做好了。我们兄弟一起帮着端菜上桌子。菜至少有十碗，这也是母亲自定的规矩。菜上了桌子，我们兄弟和父亲一起祭祖宗、上香、烧纸钱、作揖。然后，我们到屋外的禾场放鞭。爆竹声中一岁除，春风送暖入屠苏。有了爆竹才叫过年。我们兄弟拿着一支燃着的香，点燃鞭。父亲拿起炮，用烟点燃了，用力地向空中抛去。三只炮，三声巨响，那碎纸片纷纷落下。我们的团年宴开始了。

我们穿好了新衣服，坐在了团年宴的桌子边。

照样，盛好的饭菜我们不先动筷子，因为得先敬祖宗。父亲或母亲会说："祖先们，一年到头了，请享用吧。"几秒钟后，我们就可以开始吃了。父亲会喝酒，酒喝到一半，就从口袋里搜出几张崭新的人民币，对我们兄弟说："来啊，来领取压岁钱啊。"我们就欢快地奔了过去。

但是，我们兄弟的兴趣不在压岁钱的多少，也不在新衣服的好坏。我们想着那魂牵梦绕的鞭炮。我们兄弟留心父亲安放鞭炮的位置，一有机会，就会偷偷地从大串的鞭炮上拧下十来个小鞭，一人一半。我们拿着一支香，小鞭时不时地"砰"地一下，在这响声中我们得到一阵又一阵的快乐，年的气氛就浓了。

夜空黑黑的，最先窜出的是孩子们的灯笼，然后是成队成队的妇女。她们拿着香、纸钱和鞭炮，那是代表着一家人走向宗庙或土地神那儿去朝拜的。最后是成年的男子，带着家中的孩子们，拿着灯笼、蜡烛、香纸等物品，一同去给故去的亲人送灯。每年的这一天，父亲总是带着我们兄弟去祭奠祖先。母亲这时开了卤锅，卤起菜来，家家户户，卤味香浓，也不知道哪一家的最可口。有时，母亲也用细沙炒花生，花生红润扑鼻香。

让年的气氛达到高潮的是村子里的舞龙活动。青壮年们是舞龙的主力军。从村子头舞到村子尾，一家也不跳过。这是尊贵的龙在给村人们拜年，据说是对龙的象征者皇帝的有力嘲弄。舞龙也是讲究经验的，村子的华伯等老一辈人，能够站在高高的板凳上舞龙，也能躺在地上舞龙。这个精彩的场面我确实见过，以后再看人舞龙时，我总提不起兴趣，总觉得没有我村子里的龙有精神。龙到哪一家，这家的主人也会或多或少地给彩头。舞龙结束时，人们就会将所得的彩头平分，人人讨得一点儿吉利。舞龙时除了那富有节奏的鼓点扣人心弦外，刺激的事要算喷火的把戏了。这边龙在飞舞，那边的吕伯口里含了煤油，就着火把，噗地喷一下，火焰升得老高。吕伯再来一下，人们的尖叫声就更大了。有时，舞龙舞到村尾时，那不远处的坟地有火星在上下跳动，有人叫道："看啊，鬼也在舞龙哩。"这一叫，舞龙的人就更来劲了。有人又说："这人肯定要胜过鬼的，不然，人就不是人了。"幼小的我心里有些怕，这世上真有鬼吗？后来长大了，我知道那是因为气温上升，坟地里有磷火窜出来的原因。

那时电视机少，看春节联欢晚会的可能性不大，舞龙结束后更多的人开始聚拢来玩牌。赌额并不大，只是图个热闹。也有家人聚在一起，边说边聊，吃些瓜子花生糖果，有时也一家人玩起扑克，其乐融融。若干年之后，这个时段，看春节联欢晚会的人当然增多了，但玩牌的习惯并没有变。而现在呢，春节晚会也不吸引观众了，不知人们都在做着些什么呢。

"一夜连双岁，五更分二年。"过年肯定是要守岁的。人们点起蜡烛或油灯，通宵守夜，寓意是把一切邪瘟病疫照跑驱走，祈祷新的一年吉祥如意。向来节俭的母亲也说，家里的每一个房间都得亮着，这样啊，明年的每一天我们家里的每一个人都是亮堂着的。

这个晚上，两挂鞭炮是少不了的。前一挂，大约天刚黑下来时燃放，算是辞旧；第二挂，大家不约而同地选择凌晨时燃放，算是迎新了。第二挂鞭炮燃放之前，家里的大门是不能开的，得过了零点，给祖宗上香后，再烧纸钱，开门。母亲口中常会说几句吉利的话：开门大发财，金银财宝滚进来，滚进不滚出，金银财宝堆满屋。这些话说完后再开门放鞭炮。

这时，普天同庆，万千鞭炮齐鸣，就好像在你耳边响一样；那鞭炮像比赛看谁响亮似的，你想要睡一个好觉，当然是不可能的了。

正月初一，这是一年的第一天。清晨，母亲会拿了香和纸钱插在门前的水塘边，并不点燃，因为这是祭河神的。这一天，母亲会再三叮嘱，所有的生活用水不要倒在地上，后边准备了一个大水桶了的。还有，家里扫地了，不用将垃圾撮走，只堆在大门后就行；这恰好给了偷懒的我们一个合适的理由。早餐，照例是九个食碟，全是昨晚卤好的菜，菜都是冷的，上边撒上一层鲜红鲜红的水辣椒，红黑分明，好看，也好吃。这九个食碟，我最喜欢吃的是卤鸡肉，还有炸鱼。但没有长辈开口，我们小孩子是不能随便动筷子的。母亲说，曾经，村子里有人煎了一盘鱼，从村东边端到村西边，只是为了凑一桌菜。我知道，母亲这是在告知我们做儿女的，现在的生活确实是来之不易的。早餐不是只有冷的卤菜，还有热的汤圆。母亲不叫它“汤圆”，叫它“元宝”，这是一种吉祥的说法了。这些天，长辈们担心孩子们乱说话，就在堂屋的左右墙上写下“童言无忌，大吉大利”的字条。

新年的头一天，子女是不外出的，得拜父母，向家中族中的长辈问安。我和弟起床后，忙着放鞭，父亲多次责令我们去拜拜族里的几个祖爷叔伯。刚结婚的夫妇，早起后的第一件事是端着糖茶去给族中的长辈拜年，讨得些许赏钱。那些长辈们还缩在被窝里，被敲门声叫醒，也不恼，开门了又钻进被窝，被子也还盖着，翘起脑壳接过新婚夫妇的糖茶，咕咚一声喝个精光，在茶杯里塞进几张纸币，算是给晚辈们一点儿交代。这叫“喝翘脑壳茶”。也有外出走亲访友的人家，起得很早，那是去烧亲香的。在上一年里有亲人去世的人家，活着的亲人就得在这一年的正月初一去为逝者烧香，这是祭奠，也是最早的拜年了。

初二是拜见岳父岳母的日子。年轻的夫妇是不敢违抗这条法规的。上了年岁的夫妻，有了孩子，就常常让孩子们去走一趟，算是代劳了。直到今天，我仍然记得一个画面，在去外婆家拜年后回家的路上，满眼银色的雪地里，我在前头蹦跳着，父亲的头上顶着弟弟，母亲悄无声息地走在最后。这应该是我最幸福的回忆了。

正月初一、初二是“规定动作”，初三及以后就是“自选动作”了。看外公外婆，肯定要去，舅父姑父姨父家，也是要去一趟的。礼物并不在多，有时就是两筒枯饼。但心情是一样的，向长辈问安，与同辈欢聚，给晚辈压岁，成为这个时节最时髦的事。大家平日里都忙着，这几天算是有时间了，聚拢来谈上几个时辰，将彼此的情感加深。这些年，朋友间的往来多了，似乎将亲戚间的走动淡化了，这不是一个好的趋势。每年的正月初三或初四，我总会去我的舅舅家看看；那里，曾经是我儿时的乐园。

等到初五初六时，年味就慢慢淡了。有时有舞狮子的或划彩龙船的经过，讨一包烟钱。亲戚朋友少的，已经开始下地干活了；村人们勤劳的本质总是不会变的。兄弟姐妹多的，还在忙着走东访西。我们家只有三兄弟没有姐妹，母亲也常常将家中的菜留着一些，预备着我姑父家舅父家的几个表兄来访。这时，外出打工的早就走了，上班的也上班了，上学的也准备着要上学了。偶尔，从哪一家会传出麻将声或者骰子声，让人感觉年的气息仍在。

正月初九，俗称“上九日”。这一天的清晨照样鞭炮轰响，这是在送年。拜年，以未出上九日为亲厚，过上九则为拜迟年。这天传说是玉皇大帝的生日，母亲和村里的婶子婆婆们前一天就约定好，这一天得去最大的万佛寺敬菩萨，不能坐车，只能走着去。那些年迈的婆婆们，一个来回，一走就是一整天。这是一种虔诚，也是一种锻炼身体的最好方式吧。

初九之后，人们似乎要忘记年了。但“年小月半大”，正月十五总是要庆祝庆祝的。正月十五元宵节是一年中第一个月圆之夜，也是一元复始、大地回春的夜晚。人们对此加以庆祝，也是庆贺新春的延续。元宵节又被称为“上元节”。按中国民间的传统，天上皓月高悬的夜晚，人们要点起彩灯万盏，以示庆贺。出门赏月，燃灯放焰，喜猜灯谜，共吃元宵，这些是合家团聚同庆佳节最好的节目。封建社会里，这一天是君王微服出巡、与民同乐的最佳时机，也是青年男女们的美妙的情人节。诗《元夜》说的就是这个情景：“去年元夜时，花市灯如昼。月上柳梢头，人约黄昏后。今年元夜时，月与灯依旧。不见去年人，泪湿春衫袖。”

正月十五元宵节，很多地方吃元宵，但江汉平原吃“团子”，有着全家团圆之意。团子这种食品，是江汉平原的特产。团子的做法是，先将大米浸泡几个时辰，然后碾压成粉，粉的粗细要适中，太粗则口感粗糙，太细则不筋道。再将米粉放进锅里炒成半熟，用水和成半干不湿的泥土状态。接着捏团子，将半干不湿的米粉捏成窝形，放进早已做成的“团子”辅料（可以是海带豆腐之类的卤菜，可以是炒熟的新鲜肉丝，也可以是纯素的榨菜，由个人喜好来决定）。最后将这个团子搓成圆球形状，放进蒸笼里去蒸。也可以不用辅料，直接做成石磙样，这叫“石碌团子”，没有味道，不大好吃。不到一个时辰，团子就熟了，一家人围坐在桌边，一人挑上一个最满意的，笑呵呵的，吃出自己想要的圆圆满满。晚上，天上一轮满月，人们还是忘不了去给逝的亲人送盏灯。这一晚也会舞龙，但没有除夕时热闹，从村头到村尾，要不了一个时辰。然后，点燃一把火，将龙头给烧掉，明年再做一个更雄壮的龙头来。如今，好多的青壮年都外出了，不单是元宵夜的舞龙要消失，就是除夕的舞龙也少见了。零星的有些舞龙的队伍，大多是为赚取彩头而来，我跟着看了几次，没有多大趣味。有一回元宵节时地方政府做了一次灯会，为政绩而设，耗资巨大，百姓们也没有什么幸福的感觉。

现在过年，少了许多的趣味。那熬麦芽糖、打豆腐、起油货炸饺子的事只能留存在脑海了。母亲有时候想再做做，我们阻止了，一则母亲年岁大了，二则这些吃食满街都是，付钱就有。城里到处有不许放鞭炮的法令。除夕的黄昏，同无数个平淡的冬日黄昏一样，凄冷的夕阳在大楼后面，仿如盗走人类文明光辉的小偷。拜年的活动每年都有，但大多是参加单位的或同学间的团拜会。有些人将家庭团年宴也搬到了酒店，这肯定不是真正意义上的团年宴了吧。那些舞龙舞狮划彩龙船的人很少见到了。我家里的两个弟弟，常年在外打工，难得买到火车票，年底时坐了高价汽车也急匆匆地往家里赶，不到正月初十，他们又要带着妻儿外出。村子里最会舞龙的华伯成了华爷爷，步履蹒跚。会喷火的吕伯也老了，天天带着自家的孙儿玩。对联常有，大多是我写的。我在对联中嵌上了家里小孩子的名字，算是有些趣味。这算是过年给我留下的少有的念想吧。

过年，有些年味才好啊。

中秋时节诗里月

我在诗的天空认识了月，这个翻滚着思念与惆怅的精灵。

“床前明月光，疑是地上霜。举头望明月，低头思故乡。”孩提时，这首脍炙人口的古诗把月光的影子投到了你我的心。

月有阴晴圆缺，月亮用她三十天的轨迹，周而复始地彰显着一种哲思——人有悲欢离合。月亮，又无时无刻不用她的“圆”和“缺”，诠释着人们的思念。谁又能说她不是思念的化身呢?

诗人们成了她最好的朋友，诗成了她最温馨的家园。

“举头望明月，低头思故乡。”将思乡之情毫无雕饰地抒发。“露从今夜白，月是故乡明。有弟皆分散，无家问死生。”除了思念之情，还流淌着忧家忧国的感喟。“今夜鄜州月，闺中只独看。遥怜小儿女，未解忆长安。香雾云鬟湿，清辉玉臂寒。何时倚虚幌，双照泪痕干。”绘长安月夜，想家乡月夜，构思了他日与家人团聚时的绝妙情景。一轮明月，注满的是苍白的思念；一钩残月，更飘荡着凄清的思绪。“今宵酒醒何处？杨柳岸晓风残月”写出了远离情人后的痛苦；“无言独上西楼，月如钩，寂寞梧桐深院锁清秋”表达了李后主对失去的美好江山的无限惋惜之情。

“我寄愁心与明月，随君直到夜郎西”是一种旷达；“俱怀逸兴壮思飞，欲上青天揽明月”是一种豪情；“举杯邀明月，对影成三人”是对快乐的诠释；“今人不见古时月，今月曾经照古人”是一种哲理的反思。“秦时明月汉时关，万里长征人未还。但使龙城飞将在，不教胡马度阴山”是对征战的沉思，也表达诗人建功立业的强烈愿望，意气风发；“回乐峰前沙似雪，受降城外月如霜。不知何处吹芦管，一夜征人尽望乡”是久戍思归之情的表露，也流露出怨恨、惆怅的情绪。

“春江潮水连海平，海上明月共潮生……”好一曲《春江花月夜》，展现了春江花月之夜浩瀚幽邃、恬静多彩的巨幅画卷，并以此为背景，着力抒写了离人相思之情以及对人生哲理、宇宙奥秘的沉思遐想。可谓“月”诗中的“压卷之作”。

“海上生明月，天涯共此时。”又到中秋月圆时，我们还是要重复心中这首歌——“但愿人长久，千里共婵娟。”末了，我又想起诗人艾青的《我的思念是圆的》这首诗：我的思念是圆的/八月中秋的月亮/也是最亮最圆的/无论山多高，海多宽/天涯海角都能看见它/在这样的夜晚/会想起什么？

在这样的夜晚，你又会想起什么呢？快点儿回家看看，今年中秋，你家的月亮圆吗？

冬闲时节闲不住

又到冬闲时。田野里空荡荡的，连只贪玩的鸟雀也没有。瑟缩的杨柳在萧萧风中，如瘦弱的老妪般不停地颤抖着。太阳羞涩地眯着他的眼，懒洋洋的，早起的老人们也懒洋洋的，劳作了一秋的牛也懒洋洋的。牛蜷卧着，仿佛咀嚼着永远听不完的故事。老人斜躺着，望着牛，就着阳光，不一会儿便迷迷糊糊进入了梦乡。

家里堆满了秋收的粮。满脸堆笑的农妇们如农忙般早早起来，聚在一起，围着热乎乎的火炉，纳着鞋底，说着永远也说不完的闲话，时而一阵窃窃私语，时而又一阵放声大笑。孩子们也凑热闹般在一旁嬉笑着、逗打着，一会儿又各自摆弄起自制的陀螺，用鞭绳一抽，看谁的转得快，转得时间长。家里的男人倒忙碌起来，干起了做饭、洗衣的家务事。不时传来自家女人高声的责问："个掉脑壳的，饭熟了吗？啷个这慢？"男人不理。也有精明的汉子早早出去做小生意赚钱的，或走家串户字正腔圆地叫起："收鸡蛋嘞，补破盆嘞！"或干脆卖弄自己的木瓦工、篾匠手艺，一天到晚，除赚个肚儿圆，也还多些零花钱，回家讨得女人一阵欢喜。

茶馆热闹了起来。人们端着茶杯，跷着二郎腿听讲得满口唾沫的说书先生讲着《薛仁贵征东》，偶尔谈笑着老先生讲书的技艺。也有人讲某君子的风流韵事，人们便聚精会神起来，张开耳朵，听进一句话便成了一个故事，同时也就弄懂了添油加醋的含义。

唢呐吹起来了，大红对联贴起来，又是谁家为子女操办着一生大事，"会嫁女的嫁到人们过年"，趁着大好时节，办喜事有道不完的喜气；红墙砌高了，楼板摆好了，又是谁家盖起了小洋楼，吉日落成，好不气派！

冬闲时，人们闲不住。家家富裕了，个个高兴了，人人精神了。冬闲时，孕育着崭新的希望，因为，冬的后面就是春！

倾听生命叮咚声

小时候听歌曲《童年》，我会时不时地哼上几句：“一天又一天，一年又一年，迷迷糊糊长大的童年。”就在这迷迷糊糊之中，在无忧无虑之中，我们似乎很快就长大了。就像是眨眼之间，我已步入不惑之年。

时间的脚步啊，一刻也没有停止过。

我记得父亲有一本台历，红色的封面，上边画着跳动的鱼，或者是大红的仙桃，这是一种吉利的象征吧。一张日历就是一天，“日子”里有这一天的阴历、阳历、星期以及重要节日、重点农事的提醒。第一张“日子”当然是元旦。父亲偶尔会在上边写“又是一年，新的开始”之类的话语。然后，父亲每天都会和这台历亲密接触，他会在上边写下一天中重要的事，也会记下家里的收支情况。有时，买了一碗豆芽菜，他会准确地记下“豆芽一斤，五毛”。他与友人聚会，也会写下“聚会”，会列出聚会人的名字，有时还会写下当天的心情。父亲在写的时候，我也在一旁看着。偶尔，父亲也会让正读小学的我动笔，帮他记下当天的事情。那时我们家有三兄弟，家境不大好。但父亲每每走到这台历前时，总是面带微笑的。日子一天一天地过去，我们一天一天地长大。我们一家人快乐地生活着。

后来我参加了工作，也在我的办公桌上安放了台历。我也学着父亲的样子，时不时地在台历上写一点儿什么。我的生活就在这一张又一张的日历中翻过。我每天看书，坚持写作，认真工作，就觉得充实。我一天又一天地成熟，一天又一天地进步。

不知是什么时候，我有时居然会忘记台历。有时，过了好几天，台历也没有翻过新的一页。我开始觉得日子过得快了，我似乎觉得工作更忙了。我说，我的时间不够了。

于是，我用上了挂历。挂历是一个月一张，上边是大幅大幅的图片，下边是一整个月的日期，当然有阴历、阳历以及星期几的提示。我觉得轻松多了，时不时地，我也会在挂历上作一些记号，记下一些特殊的日子，算是对自己的提醒。可是，一段时间之后，我居然会忘记我的挂历，因为，我有两个月没有翻挂历了。已是深秋十月，我的挂历还是八月的那一张。我啊，觉得时间过得太快了。

这样，我选择了年历。一年十二个月，这十二个月全在一张精美的大纸上。这大纸上，也许还印上了美女的图片呢。我觉得这是个好的选择，我拿起笔，圈下了其中的某些日子，这些都是有纪念意义的日子啊。谁想，我用红色笔作标记的弟弟的生日，我居然忘记了。我看了看日子，这已是一年的最后几天了。时间过得真是快啊。这张年历上的照片，我仔细看了看，才发现是我喜欢的女明星章子怡。唉，这张年历我怎么连美女照片也来不及看就用完了呢？

我在想，我是不是应该回到用台历的岁月？我的日子，应该还是一天一天地来度过。认真过好每一天，其实是延长了生活的长度，拓宽了生命的深度啊。

白驹过隙，忽然而已。一天一天地度过，倾听自己生命的叮咚声。

辑二／壮美旧俗事

现在，我不知道二弟是否还能听到母亲的声音。我是能听到的。多少次在梦中，我的母亲在喊着我们：“金虎、银虎，快回来睡觉啊……”这声音，是我生命中永远的幸福。

我的幸福我的家

我最先想起我的爷爷。他白白的长胡须，手上拿着长长的旱烟杆，慈祥和蔼的面容，深邃智慧的双眼。在我的印象中，爷爷牵着他的两个孙子——我和小我不到两岁的二弟——慢慢悠悠地走着。时不时地，我们跳起来摸摸爷爷的长胡须，他的胡须就抖一抖；或者拉拉他的长烟杆，他的烟杆里就冒出一个一个的烟圈。这时，就有歌从我们爷孙三人后面传出：有一个老头八十八，烟杆子长到电排闸；肚里的故事多如麻，一天引两个小孙伢。

爷爷的好多故事是父亲讲给我听的。爷爷是个有名的裁缝，常被人请到家里去做衣裳。做裁缝的爷爷看过很多古书，他的肚子里有说不完的历史故事。以至于我后来认为，有学识的秀才大概都是做过裁缝的，或者说裁缝都得先是秀才。队里很多人聚集在一起的时候，就让爷爷讲故事。那时还年幼的父亲也挤在里头，吵闹着。队里的人担心听不成故事，就拿了队里仅有的报纸塞给父亲，让父亲快走。父亲得了报纸就走；以后又有人想听爷爷讲故事的时候，父亲故伎重演，照样会得到一般小孩子难以得到的报纸。这样，几年下来，爷爷的故事是越讲越好，父亲的报纸是越攒越多。父亲拿了报纸就会细心地看，这在当时是最好的学习机会。父亲后来做宣传员、做教师、做校长、做村支书，能写会说，这报纸，怕是为他奠定了最好的基础了。

家中养了一条狗，爷爷给它取名“招财”，我不懂这名字是什么意思，但只要我一唤“招财”，狗就跟着我来了，对我不停地摇头摆尾。这狗，是我们家最忠实的朋友。陌生人在路上走倒是没什么，只要一转弯想进我们家门，招财就会拼命地叫起来。那年代里小偷多，其实也就是村子里不三不四的那些人，他们对我们家中的这条狗恨之入骨。曾有几次，有人在我家门前投毒，想要毒死这条狗，都没有成功。但不知是哪个坏心肝的知道，招财是吃我家猪槽里的剩食的，就将毒放进肉包子，半夜时投进了我家的猪槽。第二天，狗就死了。我们家为这位忠实朋友的离去很是悲伤，将它埋在了屋后的一棵大树下。以后，我们家没再养狗。

1976年，才三岁的我也知道了什么叫作悲伤。村子里满眼是花圈，满耳是哭声。我懂事以后回想起这场景，才知道是毛主席逝世了。我不知道我哭了没有，不久后最疼爱我的奶奶也去世了，我肯定是哭过了的。奶奶只有父亲一个儿子，我是家里的长孙，奶奶格外疼我。听说，我一岁左右的时候，大多是奶奶抱着——哪里是抱着，分明是衔在嘴里一般——她一听到我的哭声，就忙着抱起来。奶奶的胳膊常疼，应该是抱我太久的原因。我好尿床，她便将摇篮放在了她的床上，好随时更换尿布。我也喜欢吃糖，一下子可以吃好多颗，奶奶怕我吃多了糖不好，每过一会儿才拿出一颗来逗我：“看，小老鼠又拖了一颗糖来了。”带给我一阵又一阵的惊喜。

奶奶去世时，三岁多的我号啕大哭。给奶奶送葬时，我清楚地记得我坐在了她的棺木上。这叫坐棺，是孙辈为祖辈送葬的最好形式。周围全部是着了白孝衣的亲人。过了两三年，爷爷也去世了；我是无法留住他的，我却总记得他白白的胡须和长长的烟杆。

我家的房屋比较矮小，旧时农村的小二间屋。堂屋的门有点儿变形。门是由几块不成形状的木板合成，露有很大很大的裂缝。两扇门总是敞开着，像个人张着嘴，总合不拢的样子。堂屋的横梁上，搁放着一些农具，比如犁耙、手摇水车，我记得还有蓑衣和斗笠。那蓑衣，是我读了柳宗元的《江雪》“孤舟蓑笠翁，独钓寒江雪”时才真正有印象的。我总以为钓鱼时才用得上这个东西的。听父亲讲，房梁上曾经有过很粗的一条蛇，长长的，但并不吓人。那是家蛇，它能给家里的人带来福气和好运，更不会伤及家里人。我想，我能读书走出家门，是和那条蛇有关的。

下雨的时候，常常是外边下大雨，屋里下小雨。母亲就拿了家里的盆子、桶子到处跑着安放，接住从屋顶漏下来的雨水。父亲有张书桌，也漏雨，那正是归有光所谓“雨泽下注；每移案，顾视无可置者”的惨状。我们睡的床也逃不过劫难，母亲就在蚊帐顶上蒙了层厚厚的塑料纸，这样才勉强安逸了。

屋子的前方是块空地，算做是禾场。不大，也算是我们玩耍的场子。靠前方有棵椿树，直直的树干，几乎没有斜枝。那叶子，有股清香。小小的树洞里，常常会有清亮的液体溢出，那是树叮。树叮也有淡淡的清香。这椿树，父亲不止一次地告诉我说是棵吉祥之树。爷爷曾收留过一个过路的老人，这话就是那老人说的。老人对爷爷说：“你是独子，但你会多孙，你的家庭一定会很兴旺的。”这话，真是灵验了。最旱紧靠着椿树的是猪屋。猪屋前有个大大的石磙。我三四岁能爬上石磙时，猪屋里就已经没有猪了。就有那么一次，我尽力地向那石磙上爬，才爬上，就“哎哟”一声摔了下来，原来我让猪屋上安放的杂物刺在了脸上，而且还很深。后来我照相时发觉自己只有一个酒窝，我就疑心这仅有的一个酒窝是不是那杂物刺成的。要真是的，我宁愿再刺一次哩。

屋子右边有间房，不宽，但放置了两张床。前张床我在上面睡过，1981年，三弟出生了，表姐红萍来看护他时和我一起在这张床上睡过，我们一人睡一头，但还是在床上打过架，参与打架的还有只小我一岁多的二弟。打架也只是闹着玩的，父母的一声责备我们就会停下来。后面一张床上是父母睡的，床前有踏板，人踩着踏板才能上到床上去。我很羡慕有踏板的床，曾想着将那踏板移到我们的床前，但我搬不动，只得作罢。床后有坛坛罐罐，是用来装米或者腊月时做的饺子和糖块的，还有一口柜，装着父亲的一些书。我是看不懂那些书的，但我很羡慕父亲有那么多书。我更感兴趣的是那口柜里的小盒子，盒子里有一分、二分、五分的硬币，我想要买点儿小吃的时候，就偷偷地去拿点儿钱，但我只能偷偷地拿，一次也只能拿一点点。即便只是拿一点点，也只有那么几次——也许是父亲有所察觉吧，他将那柜门用一把守卫牌的小锁给锁上了——我只能望锁兴叹了。

没能去买小吃，我就常常坐在堂屋门槛上等我的姑妈（我们叫她小伯伯，这样显得亲热一些）。小伯伯隔上一两个月或者更短的时间就会来我们家一趟，来的时候她一定会买来冰糖，我和二弟就会欢天喜地地迎上去。于是，隔上一段时间，我就会问父亲：“小伯伯怎么还不来啊？”惹得大人们好一阵笑。

等到母亲的厨房里没有盐或者酱油瓶空了的时候，我们就高兴了。帮母亲去买盐或酱油（有时也是帮父亲去打酒买烟）的时候，我们就会理所当然地得到点儿零钱。那点儿零钱，我和二弟有时是当场解决，买点儿小吃算了。但更多的时候我们会留着，等到真想吃的时候才去买。那时村子极少有卖小吃的小贩，想买小吃的时候，我和二弟就去村头的小卖部。小卖部里的秉焕爹，很凶的样子；我们去买东西的时候，他也很凶。有时，我们买了点儿东西就快快地跑，生怕他赶上来似的。我们买的吃的东西，大多是冰糖，或者是一种叫作发饼的饼子。但我们买了也不急着吃，常常是先把玩一阵子，我常常看弟弟开始吃了，才解开我的冰糖。那冰糖纸，我们常常是慢慢地剥，生怕弄坏了纸，也怕弄坏了糖。除下纸来，我先用舌头在纸上舔一下，果然有甜味，然后又是一阵舔，再将冰糖纸叠好，放进衣服口袋里——这冰糖纸也是我们最好的玩意儿。而冰糖进了口，也不急于吃，总是衔着，生怕口舌一动，冰糖化得快了，口中的甜味也就没了。如果买的是发饼，我们会慢慢地转着发饼，一小口一小口地咬，让那圆形的发饼由大圆变成小圆，直到最后变成圆点。当然，如果是穿心饼（中心是个空的），我就会想着法儿咬成马的形状，或者是一弯新月的样子。

也有小卖部关门的时候。门上贴出告示——今日盘存。那时的我不知道“盘存”是什么意思，但知道一定是买不到东西的，便也只得怏怏而回。

母亲其实也常常为我们兄弟做吃的。腊月里，她会和父亲一道，将面粉调匀，用粗短的擀面杖将面团压成薄薄的面皮，用刀划成小块小块的，在面皮中央用刀切个眼，再将面皮一端的两角穿过小眼，就成了饺子，放进油锅里，一会儿就有香喷喷的味道传出来，我们兄弟便垂涎欲滴。父亲有事不在家时，她就一个人来做，个子不高的她常常是用小凳搭了台才能使力擀面的，现在我还能记得她那使力的样子，很吃力却满脸的幸福。她也会用炒米熬炒米糖。那糖甜甜的，甜到心里。夏天，她也想着做发糕或者馍馍，有时还让我和二弟去河边取了鲜嫩的荷叶来包起来蒸，因为这样就更加芳香。母亲做的发糕或者馍馍样式不大好看，但是很好吃。

老屋的左侧还有间小房，是后来扩建的。四壁是用黄泥糊在草把上的；有泥块脱落的地方就露出了枯黄的草，像个鸟窝似的。冬天冷的时候，呼呼作响，那风，就像直灌进了我们的脖颈。

屋子有个小小的后门，说它小，大概仅能容一人通过，高不过一米五，但这小小的后门有个我特别喜欢的门槛。这个门槛是大大厚厚的一整块青石板。夏日里，狗也被热得吐出舌头的时候，我就睡在那清凉的石板上，仿佛浸泡在凉水中一般。但是，每次只不过一会儿，母亲就会对我大叫：“不要睡了吧，睡石板上是会得病的。”慌得我连忙起来。

正后门有棵枣树，我常望着它发呆，怎么就不结枣子呢？枣树后是两棵柚子树，我见过它结柚子的样子，像个挂满了手榴弹的英雄。没等柚子长熟，我，还有村子里的嘴馋的小子们，就会偷偷地敲下一两个来尝尝。才剖开那柚子，一股酸味扑鼻而来，太酸了！我只是用嘴舔上几下，却也酸得快要尿裤子的样子。等到柚子成熟的时候来吃，仍然是酸的，但酸中多了丝丝的甜。多年后在小城里，妻子从集市上买了柚子来吃，仍然是股酸甜的味道；我才明白，原来城里人出钱买来吃的柚子，是怎么也比不上我老屋后院里的柚子的。但有好几年，那柚子树上结下的柚子却没有人吃，有的丢在猪圈里，哼哼叫的大肥猪也只是用嘴拱几下，不再理会。

柚树旁边是棵柿子树，柿子树像个多产的母亲，每年都会结上许多柿子。柿子长大了，我会用竹篙将它拍下，然后藏进糠桶，用米糠严严地捂实，才过三两天，青青的柿子已变成黄色。我知道柿子已经熟了，便轻轻地撕开皮，满口吞了进去，再慢慢吐核。

屋子后边有棵最高大的树，在我的印象中应该是株柳树，枝叶丰茂。密密的枝叶间有两三个鸟巢，那是喜鹊的巢。每天早晨，我们总是被喜鹊的叫声唤醒。父亲总是说："不要打走它们啊，这是喜鹊，我们家会有接连不断的喜事的。"我和二弟便不再抱怨这鸟叫声，果然，1981年，我们的三弟出生了，真是我们家的大喜事啊。

屋后边更多的是杂树，是父亲也叫不出名字的树，还有各种各样的草，春天的时候，有的草会开出有红有白的花来。杂树林我是不敢去的，那里边有蛇，会咬人的蛇。杂树林边有母亲的一块菜地，种过萝卜、土豆、苕。我曾经跟父亲母亲到过那块菜地。父亲使牛耙地的时候，放个小筐在耙上，将我放在筐里，增加些重量，我也就多了许多快乐。苕叶子长得正旺的时候，我曾经一个人去过那块地，用力地扯起苕蔓，但不见一个苕。我这才知道苕是深埋在地下的，得借助工具才能将它挖出来。

那块菜地不久就荒芜了，原因是树荫太盛，长不出菜，再则邻家的竹子入侵了过来。我看着一节比一节高的竹子，问弟弟："你说那竹子算是我们家的吗？"

"当然啊，这是我们家的菜地。"二弟大声说。

我就更高兴了，盼望着那些竹子快些长，长得更粗壮些，更多一些，因为，不用我们种，但在我们田地上的竹子全是我们家的。

竹子没能长得粗壮，也没有长到很多，因为树叶长得太茂盛了，不利于竹子的生长。我心里便暗暗地怨恨那可恶的树来。那稀疏的几竿瘦竹，真像寄人篱下的林黛玉；也许，它们只是郑板桥未能剃掉的几茎胡须罢了。

正屋曾经修葺过一次，时间大概是1978年。五六岁的我记得我的小伯伯（小姑妈的丈夫，我们也管他叫小伯伯）带着他的徒弟们给我们家帮工。小伯伯是做木工手艺的，他能够用木头雕个龙头，让人拿去划龙船；他还可以打造各式各样的家具，在上面雕龙画凤。更惹人的是他是个幽默大师；他烟抽得多，咳嗽间隙里用几近沙哑的声音讲出的笑话，常逗得我们哈哈大笑。他领着他的徒弟帮着我们修房子，我总是能听见他带着烟味却爽朗的笑声。

这次修补正屋，在正屋的右前方还修了个厨房。虽不大，但因是南北向，早晨却可以照到太阳。厨房有个很大的木窗子，使整个厨房非常明亮。冬天的早晨，呵出的气全是白色的雾一样，很冷。母亲早早地起床，为我们做早饭。阳光刚好透过打开的厨房门，照射在灶边，母亲的影子晃来晃去的时候，我们知道早饭快要熟了。于是，我们懒洋洋地起床。母亲一面做着早饭，一面用她冻得通红的手给我们兄弟找衣裳，还时不时用手摸摸我们兄弟的小脸。每天的温暖就这样开始了。那时，母亲常常煮粥给我们吃；冬天的早晨，晒着暖阳，就着流油的咸鸭蛋，喝着热腾腾的粥，成为多年后我想要却永远也得不到的画面。

母亲的菜园常年有收获，我们的厨房就有了更多的快乐。偶尔，有小菜贩跑到村子里来，母亲也会买上点儿小菜，给我们换换口味。比如豆芽菜和小肉块一起煨，肉软软的，豆芽菜也软软的。当然，喜欢吃肉的我们兄弟常常会在众多的豆芽菜里用锐利的眼睛寻找肉片。整个厨房弥漫着香味，整个厨房传播着幸福。母亲有时也买小鱼虾，或者豆腐。母亲做饭有个特点，总会多放点儿米；母亲炒菜也有个特点，就是会多放点儿盐。为这事，父亲和母亲还不止一次地争吵过。但长大的我终于明白，其实是我们不懂母亲的心。多放点儿米，肯定是希望他的儿子们吃饱啊；在那个菜肴并不是很多的年代，多放点儿盐，不正可以解决菜少的问题吗?

灶前有块堆柴火的地方，我们叫渣窝。渣窝不大，但却是我们捉迷藏时最好的藏匿之所。渣窝里有时还会爬出一两只小动物来，比如老鼠，比如甲壳虫，它们都跑得很快。渣窝旁是猪屋。猪屋也是一室一院。室里有食槽，用整块青石凿成的食槽，不知喂养了多少头肥大的猪,那食槽现在也不知到哪里去了。一院，是指猪圈。猪圈没有用栅栏围住。猪呢，用皮绳穿着它的一只耳朵，另一端用铁圈连在一根长长的铁丝上。铁丝一端系在猪屋，另一端绑在不远处的一棵歪脖槐树上。这样，猪可以自由活动，奔跑，大叫，但就是逃不出那没有围栏的猪圈。

1984年的时候，父亲花了八百元钱买下了村里小学的几间旧房子，突然决定拆掉家里的旧屋，修新房。那几间旧房子，父亲主要是买下再修房子时能够用得上的砖瓦。新房是砖瓦房，比先前的要宽敞明亮，三间，让村子里的人们好一阵羡慕。厨房并没有拆，只是让新屋和厨房完全连上了，成了个直角。那块大青石，依然是后门的门槛，但长大的我再没有在上面睡过。

新房子快要修好的时候，我的外婆快要去世了。外婆来到了我们家，要过上两天，这叫“赐路”，大概是将死之人在临死前些天向亲人告别的一种风俗吧。外婆得的是甲状腺方面的疾病，脖子肿得老粗，像吃了块什么不能消化的食物哽在喉咙里一样。但我们并不怕，外婆是我们喜爱的外婆。五六岁的时候，我常常在外婆家生活，一住就是十多天。我跟着我的表兄双喜、爱成一起玩，看爱成哥用扳罾（一种用细渔网捕鱼的工具）扳起一条条的鱼，看双喜哥用线系了蚯蚓去钓青蛙。表兄弟间也有打架的时候，这时，外婆就帮上了我，因为外婆更疼爱我，而且我还是个客伢儿哩。

那时三弟还没有出生。我们一家四口过年时常去给外婆拜年。我和二弟三四岁时，都曾先后坐在父亲的肩头，这叫“顶阿马架”，父亲就成了我们兄弟最温暖的交通工具。后来长大了，就不用“顶阿马架”了，我们自己走。没有车，我和二弟在前边跑，父亲母亲就在后边走。我们走的都是乡间的小路，有时走的是田埂。田埂我们也叫它“盖子”。我想起生活中用的杯子、锅也都有盖子，这类东西的盖子也叫塌子。嘿，跑在最前边的我就常大声叫：“你们走这边的塌子，我走那边的塌子。”谁知，这田埂是只能叫“盖子”不能叫“塌子”的，惹得父亲母亲哈哈大笑。

修好了房子，家里的条件大有改善。在新房子前，我们一家人还请人照过一张黑白合影，父亲母亲坐着藤椅，我们兄弟三个站着。母亲笑着，很是美丽。后来我曾将这张照片扩洗放大，挂在家里，我觉得母亲更美丽了。但幼小的我们兄弟那时是不懂得体谅父母的。母亲经营菜园，得围篱笆，一个人是不行的，得有人做帮手。我和二弟是能做的，但我们常常偷懒，一同逃跑。母亲便在后面追我们，她当然是追不上的。往往我们大笑，母亲也大笑起来。这真是一个生动的画面！父亲就不同了，他会用很高明的法术来“骗”我们。田地里需要农家肥，他就让我们用工具去捡拾鸡粪。但不是完全命令式，他说：“你们捡来的鸡粪，一斤一分钱。”我和二弟当然乐意去做了。我们再也不赖床了，天刚亮就拿了工具去捡拾鸡粪。一年下来，家里的农家肥有了，我和二弟的零食钱也就有了。

真正农忙的时候，我和二弟是不会跑的。我最喜欢放牛。那头名叫“小牯子”的牛我现在还记得它的样子。它黑圆黑圆的大眼睛，两只大耳朵很有精神地竖立着。它很有脾气，是斗架的王者，但是从不对我逞凶。“小牯子”吃草时，我可以静静地看着它吃草，可以自豪地踩了它的牛角坐上牛背看书。没有笛子，放牛时我居然学会了吹口琴。烧火做饭，我十来岁就会了；虎皮青椒、煨土豆汤、煎茄子，是我的拿手好菜。我们也会下田，割谷收谷，帮着将谷子用板车拉回家。在父亲的教导下，我们还学会了扯秧插秧，速度还不错。曾有些日子，天黑得深，蚊子也时不时地叮咬我们，但我们一声不吭，等着干完农活了，和父亲母亲一道回家。

但也有一件不如意的事，不知什么原因，我和二弟一同患上了黄疸肝炎，好在是急性的，好治，但每天也得上医院用药。去镇上的医院也有三四里路，父亲就用辆自行车，前面坐一个，后面驮一个。父子三人缓缓前进，偶尔还会传出歌声，似乎那根本不是去医院看病，而是一次旅行。我现在还记得给我们兄弟看病的医生，他叫苏海林，很是热情，医术也很高，长大后我专门去医院看过他。看病的日子里，我倒真想将来做个医生哩。

又过了几年，父亲觉得厨房在正屋前边不够宽敞了，就将厨房、猪屋一同移到了屋后边。砍掉了那棵不结枣的枣树，也先后砍掉了年年结果的柿子树和柚子树，当然，还有那棵高大的有两三个喜鹊窝的柳树。

只是那歪着脖子的槐树，依然歪着脖子站在我家门前。几十年了，依然枝繁叶茂……

我的村子我的爱

印象中，我家门前有两个大大的粪坑，是村子里集体做工时储存猪粪、牛粪的大池子。我听父亲讲过关于集体做工时挑粪的笑话：

大冬天里挑粪，肯定得有人下到粪坑去舀粪，此项工作冷、臭，而且繁忙，不像挑粪的人可以在中途随意停歇。大多数人是不愿做此事的。于是，大家约定了方法：抓阄。抓到纸团上画×的人就下粪坑舀粪。队里有个叫水哥的人，人们总是让他先抓，可奇怪的是他每次都会抓到画×的纸团。人们就说："水哥，你机会真差，等明天的好机会吧。"他竟然不知道，其实每个纸团上都是画了×的哩。

虽是笑话，但真是事实。那叫水哥的人我很小就认识，病恹恹的他像打机关枪一样，让老婆一气儿生下了五个女儿，直到第六个才是个儿子，他就给这小子取了个名字叫"谢天"，那真是谢天谢地了。我在想：是不是老天爷也在捉弄这样的本分人哪，让他想生儿子的愿望也如挑粪时抓阄一般，总是不能如愿！

粪坑旁是一长条的猪舍，里面常常有肥肥胖胖的不时嚎叫几声的猪。猪舍后边是一个大大的猪圈，用砖头砌了高高的墙。我曾经用砖头垫脚探出头去看，只看到一个大大的坑，一头猪也没有，大概是猪吃食的时间吧。猪舍里有间房子是粉房，专门做粉条的房子。管猪舍和猪的人叫二爹，我的家族里的一个祖辈。我很小时，他的年纪已经很大了。他留着白色的八字须，有些矮胖，面相有些让人害怕。但我又知道，二爹是怕他家里的二奶奶的，好几次，他让二奶奶从家里骂了出来。二爹没有儿子，族里便将一个年岁最大的孙辈过继给了他做孙子。

在粉房里，我见过二爹将浸泡得又软又大的一粒粒豌豆变成粉条的过程。我觉得真是神奇，怎么方才是一颗颗的，一会儿就成了长条的了？粉房里有一口大锅、一个大锅盖，那口锅装进一头大肥猪是没有问题的。

我家左边是个大房子，也算是个仓库吧，里面有大大的磨盘。我很疑惑，这磨盘怎么转得动呢？后来在书上知道驴子可以拉磨，但我们村里是没有驴的，那一定是用牛在拉磨了，我想。我一次也没见过是谁拉动了那大大的磨盘，但我见过在那大仓库里，大人们围成一圈开会，叽叽喳喳地，一点儿也不守纪律。仓库外面常常写着很大的字，那是标语，比如：农业学大寨、毛主席万岁。一个字足足比一个人还大，字是红色的，还用白色的圆圈圈着。

再向前走是大片大片的庄稼地。近的，是绿油油的水田，种着水稻，一阵风吹来，仿佛能闻到米饭的清香。远处是旱地，种着大片大片的棉花，棉桃张开，就如一张又一张的笑脸，又如丰腴的少女露出她俊美的胳膊，雪白雪白的。寒冬时节，地里是青绿的麦苗，麦苗生长，麦苗里的小兔也在长大，等到有雪的时候，循着兔的脚印，一定是可以寻到三两只兔子的。

整片的庄稼是一幅多姿的水彩画，水彩画中央让人给抠了个小洞——这是供村里人吃水的池塘，我们也叫它“坑”。我小时候觉得坑很大，我知道坑里有各色各样鲜美的鱼。腊月刚过，队里就有人开始张罗着捕鱼，不用网捕，却将水抽干——这种最原始的捕鱼方法叫“干坑”。水抽得将要见底时，就看见大大小小的鱼开始蹦跳起来，如一锅沸腾的开水，我们的心也跟着激动起来。这时就有大人们下去捡鱼，将鱼捡了丢进水桶，再一桶一桶地往队里的仓库里搬。见到红鲤鱼是我们最高兴的事，我们常常疑心那是不是神话传说中的金鱼；那神奇的金鱼，也许是个婀娜多姿的美丽仙子，也许是个变化多端的魔术师。我见过的最大的鱼，足有一人多长，两个壮年汉子用扁担抬着都很吃力的样子；我们跟在后头走了好远。

坑里的水一年四季都很清澈，几乎见底。后来我读“沧浪之水清兮，可以濯我缨”的句子时就想，我们队里的这个坑，是不是沧浪之水哟。坑边有两个固定的埠头，成天有人在这里淘米、洗菜、洗衣、挑水，仿佛这坑是取之不尽用之不竭的宝藏。我常常跟着母亲来到坑边玩。没事的时候，我就蹲在水边，看那些小鱼自由自在游水的样子。我正在看那细若银针的小鱼是否有眼睛时，父亲母亲就会叫：“站远一点儿，不要掉下去了。”于是我就退得很远。

年龄更大一点儿的时候，我就想着要捕鱼了。因为是公家的坑，所以我们是不敢公开捕捞的，小孩子也不例外。我常用的捕鱼方式有两种，一是用脸盆蒙了透明塑料纸来“盆中捉鱼”。塑料纸得留下个小洞，盆中放一些细米作为饵料，将盆沉放在坑里的浅水处。不到三五分钟，自然有嘴馋的小鱼从小洞里溜进盆里，再也逃不出去了。这当然是抓不到大点儿的鱼的。大鱼就用鱼钩钓。我们并没有专用的钓竿。竿是竹篙做成的，线是尼龙绳，钩是用缝衣针弯曲而成（也有上街用一毛钱买来钓钩的时候），饵是蚯蚓（红蚯蚓最好，大概是鱼最爱吃的食物吧）。这样低级的装备居然也能钓到鱼，有尖嘴的刀子鱼，还有大大小小的鲫鱼；甚至有一次我钓到了一只鳖，将它拉起的时候，钩断了，鳖掉在了稻田里，我在稻田捉鳖，最后还是将它给捉住了，拿回家让母亲做成了酸菜鳖，好一顿享受！其实我们小孩子只是为“钓”，根本不为“鱼”——那真是一种快乐。

夏日里，坑成了我们最好的乐园。没有大人的时候，哧溜一下就溜进了坑里，狗刨、仰游，我们无师自通。笑声铺满了整个河面。夕阳西下，夜悄悄到来时，我们才恋恋不舍地上岸。

仓库再向左，是牛栏屋。那是队里所有牛的“寝宫”。一长条房子，用粗粗的木头隔开着，一牛一间，以免它们发生矛盾，动起肝火。但我真看过两头牛动肝火干架，牛角对牛角，都很凶狠的样子。母亲赶忙将我抱得远远的。后来，有胆大的人点了火把，才将那斗架的牛劝散。牛栏屋里常有一堆又一堆的牛屎，好像牛们吃的是牛屎屙的也是牛屎，但并不臭，我认为还有一股暗香。有好几次我皮肤过敏，身上起疹，母亲就说：“去牛栏屋站会儿就好了。”我就去了，站上半小时，身上的风疹就不知跑哪儿去了。

牛栏屋旁边有个大棚子，四周是敞开着的，顶上盖着瓦。棚子很大，足有篮球场大小。这是牛们乘凉的地方。耕作的牛做完工，先是系在这棚子里的，我们送上草料，让它们大快朵颐一番。使牛的叔子伯爷们，就上点一支烟，席地而坐，开着我们小孩子听不懂的玩笑。大棚子的最外边，挂着个大铃铛，这是队长专用的指挥棒。铃铛一敲，社员们上工；又一敲，就都回来吃饭。我们小孩子一直想敲，让大人们好生训斥了几回。棚子里有时会搁着一两只船，有人在修修补补，有太阳的日子，会给船涂上层厚厚的桐油。

棚子再往左走，是一个禾场。大大的禾场有足球场那样大。我曾见过民兵们拿着枪，上了明晃晃的刺刀，在练习刺杀。我其实最想看的是有子弹的射击，但一次也没有；我倒见到好几次队长用脚狠狠地踢民兵的腿，说没有站直。

队里还有一个大仓库，是用做粮仓的，在禾场旁。这个仓库有个小院。院门紧邻着禾场，不大，倒也有些气派。很小的时候，我们小伙伴常在院门口玩耍。记得有一天母亲让我穿了新衣跑出去玩，我就来到这院门口，向小朋友们炫耀我刚做的新衣。后来我记起，那一天是元旦，母亲叫作“阳历年”。院门边是间小小的办公室，我猜想是队长和队里的记分员办公的地方，因为墙上的公布栏上常写有一些人的名字，名字后是大大小小的阿拉伯数字，那一定是公布的出工工分，好像还有间酱油房在旁边，有黑黑的豆子和黑黑的酱油。

仓库的院门是木头做的，常有一把锁，不知是什么牌子的，比父亲锁柜门的“守卫”牌铁锁大得多。队里的诏珍爹（大约是队长）拿着把大钥匙捅开那把大锁后，我们就可以跟着大人们进到院子里去了。院子两旁是两排房屋，没有锁，堆放着一些农具。我就曾看见诏珍爹扛着犁走出这个小院去田地里上工。诏珍爹个子很矮，很和蔼，口里有颗银牙齿。他的小腿上青筋暴出，很是惹人注意。我常担心那暴出的是不是血管，要是破裂了，那还了得？

再往院子里头走才是仓库。仓库很大，但只是分作三间，中间一间足有两个教室大。仓库的屋顶很高，是队里最高的房子。屋顶高，储存的粮食也多。中间的那一大间是存稻谷的，两旁存小麦或者豌豆。我曾看见，中间的谷子堆得很高，像一座山，有大人们爬上爬下，忙着给一家一户按工分分谷子。我曾在一篇小说中读到分谷子的细节，家里孩子多，每次分谷子时，男人女人就穿着双大大的鞋去谷堆边走，走上一趟，鞋里的谷满了，就够孩子们饱饱地吃上一顿了。但我从来没见过穿大大鞋子的叔子伯爷。我也知道队里常常缺粮，好多户人家的男人女人到了下半年没有一顿饭是吃饱了的，他们总让给自家的孩子吃。腊月的时候，仓库里的谷子早就分了个精光，但这时的仓库也没闲着，队里的鱼塘起鱼了，人们将鱼运到了仓库，按工分分鱼。那一条条大鱼，是编了号的，一家一条，只不过得抓阄，抓到几号就得几号鱼。看来，村子里很多解决不了的问题都是抓阄解决的。大人们说自家孩子的运气好，每年都会让家中的孩子来抓。我也抓过几次，母亲高兴得跳了起来，说真是大鱼哩，过年时有碗好蒸鱼了；人家的母亲也都夸奖着自家的孩子运气好，都抓到了大鱼。后来回想，我们哪里抓的是大鱼，那分明是一份又一份浓浓的母爱！

村头有家铁匠铺，师傅姓肖。铁匠铺里常年传出乒乒乓乓的打击声。我们常常看见肖师傅从红红的火炉里用铁钳夹了红红的铁块来，放在一个龟形的大铁块上，他挥动小锤，对面的徒弟挥动大锤，轮番对越来越暗的红铁块进行敲打。不一会儿，那红红的大铁块就变形了，成了弯弯的镰刀，或者长长的火剪。肖师傅的徒弟比我们大，但我们总是认得的；村子里多一个陌生人，小孩子总是最好奇的。他的徒弟出师后好多都没有打铁，有的做生意去了，有的找老婆，找了一个又一个。肖师傅呢，后来换成了电锤，就没有再收徒弟。他打铁的时间比以前少，打牌的时间倒多了起来。

我们小孩子常去铁匠铺的原因，除了喜欢看打铁之外，还可以在他铺子外边的废渣里拣小铁条，拿在手上一玩就是半天。但我在那儿受过一次罪。一不小心，我的右脚踩在了一颗钉子上，钉子直直地插入我赤裸着的右脚跟，生生地疼。我哭了起来，小伙伴们也没有办法，只能眼睁睁地看着。钉子连着一根麻梗，我只得一小步一小步地拖着麻梗和钉子挪回家，让父亲帮我拔下。现今，我的右脚跟上还留下了个黑黑的印记，算是贪玩留下的最好纪念吧。

我们常去铁匠铺的更重要的原因是，肖师傅的母亲有个小摊，专门卖瓜子花生，夏天的时候一定会有冰棒。冰棒是我们最馋的，二分钱一支。但我的手中常常没有现钱；有几分钱的时候，都上小卖部去买冰糖或者饼子去了。

隔着公路，学校对面是大队部，是村里唯一的二层建筑。大队部靠里有个大院子，是大队油厂。这种地方是极少让小孩子进去的。看守不严的时候，我们曾经偷偷地溜进去，看见笨重的机器在榨油。那打油声嘭、嘭的，一会儿就有黑黑的油流出，有圆圆的饼，从里面滚出。听人说那饼是热的时，是能吃的。我也曾经拿了放在口中慢慢地嚼，可是一点儿味道也没有。后来我看见有人用碎了的饼喂牛，那牛倒吃得津津有味。我也见过有人修理机器，那人浑身黑不溜秋的，脸上像包公，只有两只眼睛在眨呀眨的。

大队部前有片杉树林，树下杂草丛生。杉树浑身是刺，胆小的我是不敢亲近的。杉树林边有几个坟墓，更增添了些恐怖气氛。但是，我常见队里大我两岁的新周哥进到树林里边去，有时也爬上树，掏鸟窝，取了幼鸟和鸟蛋来玩。那幼鸟浑身没有几根羽毛，冻得瑟瑟缩缩的样子，很是可怜。他给我玩时我也不敢去接，我担心那幼鸟会立刻死去。我曾拿过鸟蛋来玩，小心地在手心把玩，但还是掉了一个在地上。鸟蛋摔碎了，湿淋淋的一小片，有黄有白，像孩子拉肚子时屙下的稀屎。后来我发觉新周哥脸上长了小黑点，就知道了原因，有伙伴说因为他掏了雀窝，吃过鸟蛋，就长了雀斑。我又暗自庆幸，幸而我没有去掏鸟窝，不然，脸上也会长雀斑的啊。

我的小学我的情

大约我三四岁的时候，我应该去上学了。那时上学是“红孩子班”，上学时学的什么内容我忘了个干净，我只记得我得到过一个橡胶小娃娃，空心的，屁股上开了小洞，一捏就可以吱吱地叫，我很高兴。带我们的老师是队里的一个长辈，我们叫她明香幺爹。她其实也不过十五六岁，是个女孩子，只不过辈分高，才称呼她为“幺爹”的。她应该教我们唱过歌的，我一首也没有记住。学习的地点我也记不大清楚了，大约在明香幺爹家里，或者是队里的仓库里。

大队的小学最先在肖家铁铺对面，一横一直的两排房子，破破烂烂的，转角处是厕所，散发出恶心的臭气。每间教室前都有两个砖头砌起的柱子，有一次我和小伙伴追赶，差点儿撞上了那柱子；要是撞上了，脑袋肯定是要被撞破的。教室似乎只有一两扇窗户，很暗，窗户没有玻璃，有风的时候用塑料纸糊着。操场不大，满是杂草。我的小学从这里启蒙。父亲是小学校的教师，常带我到学校来玩。我大概也不过三四岁吧，父亲就拿出小方格本，写上a、o、e，或者1、2、3，让我依葫芦画瓢，我居然能写得好。过了一两年，父亲也这样来教二弟写，可二弟不是写不好，就是写两下后就跑掉了，他当然免不了屁股上挨巴掌。不久，父亲对我的训练层次又提高了，他用毛笔写了字，让我临摹，我也有兴趣，可不知为什么，至今我的毛笔字也写得不算好。我仍然记得最开始临摹的字帖中的一首诗：故人西辞黄鹤楼，烟花三月下扬州。孤帆远影碧空尽，惟见长江天际流。

破烂的小学校最后让父亲以八百元的价格买走，其实也没赚到什么，买到的只是些能用得上的砖瓦，然后，我们家开始做新屋。小学校搬到了原址的斜对面，比原先修建得气派，单独成了一个小院。小学校里紧邻公路的一排房子有两间是老师办公室。办公室里老师们坐着藤篾椅，自由地谈笑，拿着白色的搪瓷杯倒茶喝。我们小孩们就羡慕不已，要是能做老师，是多么美妙的事啊。这一排房子正中间是学校大门和走廊。栅栏式的两块大门是用粗粗的木头做成的，先将它们合拢来，再用比拇指还粗的铁拴拴住，然后扣上一把大锁。这铁拴是肖家铁铺打造的，这锁上的钥匙，常常挂在我父亲的身上。那时候，父亲已是小学校长了。之前的校长是边祖新老师，他矮胖矮胖的，眉毛很黑很短，好发脾气，我们常常叫他“熊炮”。熊炮，是春节时燃放的够威力的鞭炮，这个比喻真是形象。大约在“熊炮”即将成为公办教师时，父亲成了校长。

父亲做校长时组织全校师生开大会，他用报纸卷成长棍形状，指挥着全体学生齐唱国歌，很有指挥家的样子。那时的我作文开始得奖，也会被评为“三好学生”。曾经在某一年“六一”儿童节，学校的师生在父亲的带领下，浩浩荡荡地走到十多里外的红桥公社（有时是杨林关公社）开大会。我记得我在大会上发过言，是什么内容我早忘了，父亲曾让我在发言稿里写进了一句话：为四化建设添砖加瓦。那时的我，是绝对不懂这句话的意思的。现在我做着教师，应该算是为四化建设添砖加瓦了吧。

校园里常有人卖小吃，用面粉做成的形状像一朵花的食物，我们叫它“栀子花”，特好吃，是我们最喜爱的食物。也有拿了个能变化的镜片来赚学生钱的大人，他说是“西洋镜”，只要能出一分钱，那镜片里面什么都有。我的钱常用来买小吃，我一次都没有看过。我听看过“西洋镜”的伙伴说，里面内容多着哩，有高高的山，有长长的河，还有露出笑脸的女人，飞在天上的飞机。我就后悔了，真不该只顾着吃。等到手中再有钱的时候，那“西洋镜”再没有来过。

两间办公室旁有间教室，那是幼儿班教室。我记得我在那里待过很短的时间。因为父亲教我的知识，我已用不着读幼儿班了。但我还是记着一件趣事。班里的红光比我大两岁。上音乐课时，边启垓老师正教我们唱红歌：“没有共产党，就没有新中国……”红光猛然指着屋顶大声叫道：“老鼠，有老鼠。”大家哈哈大笑，边老师曲起右手中指（这叫丁弓），对着红光的头就是一下，红光的头上就突起了个大包。再上课时，就没有谁大声乱叫了。也有年纪只有三四岁的小孩儿进到班里来，脸上有泥巴，鼻子下面挂着两条细长的鼻涕，嘴里却还哼着刚学会的儿歌：

三岁伢，穿红鞋，摇摇摆摆上学来。老师老师不打我，我回家吃口奶再来……

与办公室成直角的两排房子是教室，一、二、三年级和厕所在右边，四、五年级和厨房在左边。边启志老师教我们五年级语文的时候，曾有个用“正如”一词造句的题目，有学生就写过“三年级对着五年级正如厕所对着厨房”的句子，让大家笑疼了肚子。边老师的字写得好，但他教语文却使用最死板的方法。我记得他常常布置的作业是：将课文生词和拼音每个写十行，每行写十个。这其实是将课文的生词和拼音写一百遍。我们只得照老师的话做。很多没有电的时候，在寒冷的夜晚，外边的寒风呼啸，听着就吓人，父亲母亲也睡下了，我还就着煤油灯，一个字一个字地写着，从来没有欠交作业。父亲就曾说：“怎么布置这样的作业折磨孩子啊，你不做了，明天我去给边老师说说。”但我仍然不停笔，坚持做完才上床睡觉。那些作业本，足有一尺多高，我曾整理好放在老家的楼上，也不知现在还有没有。边老师后来也成了公办教师，到初中去任教了，不知是否还使用这样的教学方法。我后来也成了语文老师，基本不出现错别字，也许正得益于他魔鬼式的训练吧。我在心里感谢他，但我的教学方法必须由我去创造。

校园的另一面是围墙，围墙不是很高，但上边有水泥连着破碎的玻璃片，以防外人翻墙进入校园。这院墙的一端早些年前是间房子，供六年级使用，父亲在那儿给他们上语文课。其实那时本来是没有六年级的，因为扫盲，好多大孩子想念书、想多识几个字，就编了这样一个班。这个班并没有给还在读低年级的我带来好运，我从我二十多里外的老新镇街表兄小新那儿抱回的一个小皮球，就是被读六年级的万保哥给踢破了。他对着墙踢，发疯了一般；球破了他也没有办法赔给我。二十多年后，他外出打工回来，我和他同乘一车，他执意替我付了八元车费，算是对那小皮球的补偿吧。

厨房旁边曾经有人住过，是从县城里下到小学校里教书的曾老师。曾老师干瘦干瘦的，眼眶很深，眼睛却特别有神。他教我们画画，他的画像大街上卖的真画一般漂亮。但是曾老师爱赌博。村子里进入腊月时常有人做这种赌博的事，小小的我就听到过曾老师在我家里说：“不吃不喝，留钱赌博……”我对他印象很深，十多年后我在县城读书，在县文化馆前我看见过他。我认定是他，他正在画画；他肯定是不认识我了。下到小学校的知识青年还有个名叫李壁珍的女老师，脸圆圆的，背有点儿驼。我上街时常常遇到他，但我从来没有叫过她“李老师”。

校园里有篮球架，没有人在那里打篮球。几场雨后，球架已经开始损坏了。围墙边栽了不少的树，却总不见长大。学校里有花坛，没有花草。我和二弟1984年时在花坛边照过一张黑白合影，那是我们兄弟的第一次合影。那里还有个乒乓球台，那是我们曾经最热闹的地方。打擂主的游戏，我常常胜利。那乒乓球台中间的网界，常常用几块破砖连成；我们手中的乒乓球拍，常常就只是一片木板，但我们仍然乐此不疲。学校里也有升旗台，用水泥做得光滑的台子，一根七八米高的旗杆上挂着面五星红旗。后来，旗帜颜色几乎褪成白色时，仍没有人更换。一阵风来，它依然迎风招展。

我的快乐我做主

如今我逛商场时，常常看到孩子们的玩具，奇形怪状，种类繁多，让人目不暇接。布娃娃、电动小汽车、会飞的电动飞机、奥特曼、玩具电动车，那是我童年时没有见过的稀奇之物，有好多的玩具即便成年的我也不知道怎样去玩。

那些玩着玩具的孩子们，也并不见得有多么快乐。我熟识的一个小男孩儿，他的玩具堆了整整一大间房。我问他是否快乐，他一个劲儿地摇头。

我庆幸自己有过一个快乐的童年，虽然，那时的我几乎没有什么玩具。

我们那时剩下的只是快乐。

五六岁时，我能自由自在地奔跑时，就跟在大我几岁的伙伴们的屁股后边，他们走到哪儿，我就跟到哪儿。有时他们走快了，我就小跑。

他们厌烦了我，呵斥我让我回家，我总是恋恋不舍。队里有个友青哥，很会用弹弓打鸟雀，一弹一个，我们就跟在他身后，争先恐后地帮他提打下来的鸟雀，生怕他将不主动的人赶了回去。后来他有了火药枪，跟着他的人就更多了，因为他可以用火药枪打野兔野鸡，我们的好奇心就更浓了。

对机器，我们男孩儿总是更有好奇心的。队里的抽水房常常是我们玩耍的地方。一部柴油机，用皮带连了抽水机，轰隆隆地响一会儿就从井里抽出了水来。水，冰凉冰凉的，我们自由地洗起脚丫。有一天，村子里出现了手扶拖拉机，冒着黑烟，族里的松哥驾驶着，很神气的样子，我们就跟着拖拉机跑起来。跑来跑去，竟然有了二三十个孩子，居然还有几个长辈也在后头跟着。手扶拖拉机冒出柴油烟味，我觉得那是一种清香。多年以后，我还恋着这种烟味，有拖拉机走过，还时不时地凑拢去嗅上几下。

八九岁时，我觉得自己能够找到快乐了，就不情愿跟在人家屁股后边了。年龄相仿的几个小伙伴，便常常聚在一块，把玩着属于自己的快乐。

白天，我们可以玩玻璃弹球，“打老虎”。在地上挖三个洞，一人一颗玻璃弹珠，看谁的弹珠最先进完三个洞，谁就是“老虎”，“老虎”是可以“吃人”的——再次碰撞到别人的弹珠时，那个弹珠就成了“老虎”的胜利品。有小伙伴的衣袋常常破洞，大多是玻璃弹珠太重的造成的。

我们也玩“跳房子”。在地上画成一个一个的小方格，就成了“房子”，再捡上一片瓦片或者一片瓷碗底，将它磨得圆溜溜的，这个小东西叫作“溜拜”。单脚站立，踢着“溜拜”向前进，谁先到达终点就是胜利。“跳房子”的优胜者是有资格做“拖尾巴”的，“拖尾巴”可以帮不会“跳房子”的人来跳，直至让后进者跟上来。

我们可以滚铁环玩。用铁丝弯成个小圈，就成了铁环。再用一小截铁丝弯成“V”字形，连上麻梗做成的把手，推着那铁环在地上滚动行走。滚得时间长，那铁环不倒地，就会有伙伴羡慕。有时找不到铁丝，我就偷偷地撬下木桶上的铁箍，照样能行，而且比用铁丝做的铁环更好使。不过，之后得偷偷地将铁箍还原，不然，就没有了下次。

我们还可以“玩国字”和“甩三筒”。用两张纸折成“国”字形的东西，我们就叫它“国字”。国字有正反，正面朝上放在地上，尽量少些缝隙，严实一些。玩法是用自己的国字用力地拍打地上的国字，如果拍翻了，地上的国字就成了自己的战利品。有时，我们连着好些天都在做这个游戏。父亲见了，说：“赌什么呀，这样输赢有什么意义？我给你一本书，想要有多少纸就有多少纸。”但这些话并没有停止我们的国字游戏。后来我想想，这样成天地玩国字，不正锻炼了我们的臂力？也可以不用大力气来玩国字。每人出几个国字，谁最多谁先甩，在课桌上甩，如果谁甩成三堆，那就全部成为他的战利品了。这叫“甩三筒”。玩国字我没赢多少，但甩三筒我赢了不少，一个抽屉也难装下。队里的又华哥，至今都还欠我二百多张纸哩。我们也玩过“飞镖”。“镖”是用一张纸折成的三角形小东西，略微弯一点儿，朝天一飞，散在地上，然后用手扇，谁将镖给扇翻了，镖就属于谁。

我们喜欢唱歌，但是没有人来教。于是总是时不时地哼上几句歌，即使走调，也丝毫没有害羞之色。队里有个叔伯祖母，替我用竹筒竹叶做了个小乐器，能吹奏出悦耳的声音。人家管这小乐器叫“喇叭”，我听不大懂却叫它“哑巴”。我于是常常央着那叔伯祖母替我做，我不知怎么称呼那叔伯祖母，就称呼她为“哑巴奶奶”。后来长大了遇见她时，也叫她“哑巴奶奶”，很是亲热。

肚子饿了，我就会到厨房里去找吃的。家里常常有两三碗菜，干盐菜、炸胡椒和盐豌豆。我们拿了纸张，折成筒状，然后装了这些食物来吃，津津有味。逢年过节时，当然会有更好的食物了。端午节，会有族里新来的女婿送来油条包子；元宵节前后，母亲会做团子吃。但父亲母亲是不会让我们一下子吃很多的。我们当然不甘示弱。等到父母出工做事去了，我和二弟会集体行动。有一次我偷放在厨房梁上的团子，我站在饭桌上也够不着，于是在饭桌上又加了个小板凳。等到用手够到梁时，小板凳却翻了，我被悬空吊在了房梁上。我用手紧紧地抓着，慌忙让站在下边的二弟去找爷爷。二弟将爷爷从菜园找来，我才被安全救下。团子没偷到，胆子倒吓破了。后来，这个故事也就成了笑料。

砌房子是我爱做的事。很小的时候我就蹲在一旁，看瓦匠叔伯们将一块一块零散的砖头变成新房子。我心想，我要是能砌墙多好啊。于是我就找了个厚铁片当作砌墙的瓦刀，然后在自家的屋后，选择一块还算平整的小空地开始砌墙。砌墙得先和泥，我会在近旁挖个小坑，用小盆端来水，借助母亲用来锄草的锄头和泥。泥和好了，还得找砖头。砖头在房前屋后都可以找到，只不过大多是半截的了，如果找到整块的砖头，会欣喜半天。开始砌房了，我的目标并不大，所砌成的房子只不过一个平方大小，高也不过一米多些。但我砌的房子也还讲究，有门，有窗，还能容人进去，当然最先进去的是我自己。最后，我还得给房子盖上瓦。我用的椽子是麻梗，所以是承受不住真正的瓦的——那是家里农田里用过的塑料薄膜——再压上几个瓦片，以防风吹走塑料薄膜。房子做好了，我就盼着下小雨。下小雨的时候，我就会到我的小屋子里避雨。那种心情，甭提多高兴了。但不知为什么，后来我也没能成为建筑师。

"树叶青，放风筝；树叶落，打陀螺。"春光明媚，春风拂面，我们会拿出自做的风筝来，一路奔跑着将它放上蓝天。风筝并不是风筝，是用报纸折叠成蝌蚪样的小怪物，我们叫它“瓢伢子”。但这并不影响我们的心情。一阵奔跑之后，它总会飞上天的。我们比赛看谁的小怪物飞得高。虽然只有几个小朋友，那时也会成为欢乐的海洋。但我最喜欢打陀螺。我们的陀螺不是现在的小朋友在商场买的五光十色的玩意儿，我们的陀螺只是用木头削成的——找个圆柱形的棒子，用锯子锯下一小段，再用刀慢慢地削尖。陀螺拿出来后，抽上几下，看谁的转得时间长。我总是担心我的陀螺会出丑，就不停地做陀螺。其实还有个秘诀，在陀螺的尖部安放一颗小弹子，这样它的转速会提高许多倍。好多次放学后，我快速地做完作业，就到处找结实的木棒，开始削陀螺。削完一个了，总觉得不满意，于是又来削一个。那时父亲上课时，就常对不用功的学生说：“你们看，我们家的小子，削的陀螺只怕有一箩筐了吧，他还是每天不停地在削哩……”这话我真不知道是在表扬我还是在批评我，但后来我在书上读到爱因斯坦小时候做小板凳的故事，心想，这和我做陀螺的事不是一样吗？后来我也没能成为爱因斯坦，我也永远不会成为爱因斯坦。只是我的陀螺，永远旋转在我的梦中。

小时候的我也有经济头脑。不到十岁的我专门种过两三年篦麻，居然也有些经济效益。我小时候迷上了小人书，也叫“娃娃书”，学名叫连环画。但父母是很少给钱去买的，只得自己想办法。我不知听谁说，篦麻可以换钱，就动了这个念头。春天的时候，在房子前后，只要是空地，我就会丢下一两颗篦麻籽。然后，我就隔三岔五地去看看，看它们发芽了没有，有时还给它们浇浇水。等到发了芽，我还得仔细看看苗，如果有一处有几根苗的，我就将它们移开一点儿。等到它们长到一尺高的时候，就不用操心了。只要等到秋天，篦麻成熟，将篦麻籽摘下就大功告成了。摘篦麻籽有点儿小麻烦，那篦麻叶上有一种专门蜇人的小虫子，我们叫它杨辣子。杨辣子绿绿的，潜伏在绿色的叶子中间，只要你一碰它，手就会火辣辣地疼。我被杨辣子蛰过好几次，但是一想，摘下篦麻就会有精彩的小人书了，也就觉得一点儿也不疼了。看过许多的小人书，我也会讲故事了。大我一点儿的炎垓叔曾在路边卖茶，我和他弟弟普垓叔是伙伴，就常去那玩，于是常在那讲隋唐英雄的故事，让他们兄弟好一阵歆羡。我的小人书曾经积攒到三百多本，我给它们一一编号，供伙伴们借阅。这成了年少的我炫耀的资本，也成了我敲开文学大门的第一把钥匙。那些小人书，至今仍搁置在我老家的楼上。

乡下的夜晚，是我们小孩子们最热闹的时节。哪里有电影了，这种消息就会长了脚一样四处传开。我们早早地将家庭作业做完了，等着有大人或者大我们一些的哥哥姐姐带着我们去看电影。那是我们最高兴的时候，到场了，人家先放加映片，是和农田有关的，我们也看得津津有味。然后大多是战斗片。不用说，我们都猜得出结果，肯定是我们的解放军打赢。遇到不打仗的片子，我们总是提不起兴趣。有时，到地方了，却没有电影，于是就有人开始骂人，骂那些骗人的家伙。回来的路上，大家照样高高兴兴，要是有人问看了什么电影，就会有人答：“《干走白路小英雄》。”白白地走了一遭，还真是小英雄哩。

冬闲的时候，有好多的村子会请人唱皮影戏。只要不远，我们也一定要去凑热闹的。皮影戏我们是看不大懂的，那哼哼咿咿地唱，像永远没有完的时候。只是有小丑出来的时候，那唱戏的人就叫一声“大小人来”，我们知道有好戏听了，这时候我们就竖起了耳朵，听个仔细，看那小丑怎样插科打诨。我们被逗得时不时地哈哈大笑。看皮影戏时，我们的兴趣在吃瓜子，五分钱能买一大包瓜子。几个小朋友分着吃，也要吃上好一大会儿。有时候我们也知道，今日演完了《薛仁贵征东》，明天会是《薛丁山征西》，那里面有个武艺高强的女英雄樊梨花。多年以后，皮影戏的情节一个也记不上了，倒还是记得那香香的瓜子。

冬季，我们有一个固定节目是“放野火”。我们来到田野，来到河堤边，点一把火，烧得枯草“吱吱”作响，我们心里也乐开了。到了北风凛冽、雪花飘舞的时候，我们并不怕冷，在雪中堆雪人、打雪仗。雪化时，在屋檐下摘冰凌吃，手冻得红紫红紫的，却依旧笑呵呵的。

有哪家娶新娘子了，我们一定会成群地跑去看看，扒着窗户看。我们不知道新娘是不是漂亮，但我们知道新娘子的床上是有小红包的，有好几个伙伴从新娘的床头摸到了红包，有二分的，有五分的，还有一角钱的。但我一次也没有摸到过。有牙齿缺了的伙伴，被他的母亲强行拉着进了新房，让新娘伸出手来摸他的牙床，他母亲就说，牙齿就要长了，牙齿就要长了。胆大的伙伴也同大人们去接亲，走得老远老远的，腿酸了也不敢出声。

在大人们中间，偎在父母身边，是我们少有的安静的时候，听他们说一些我们并不知道，也不懂的一些话。要是在夏夜，我们是可以点了火把，去水田里抓泥鳅的。在竹竿一端绑了密密的针，另一端用手拿着。夏夜的泥鳅是会出来透气的，用火把照着，再用绑了针的竹竿对着它用力地敲，那滑滑的泥鳅，就钉在了针上。一个晚上，运气好的话，是可以抓上好几斤泥鳅的。

更多的时候是我们自己玩，尤其是有月亮的夜晚。有逞自己力气大的人，走到那笨重的石磙跟前，用双手从石磙的一头用力地掀起，赢得众人的一阵喝彩。要是伙伴不多，有月亮，刚好肚子又饿，我们就会商量着去偷瓜。瓜是金黄金黄的甜瓜，还有不太甜的一种绿皮瓜，我们叫它烧瓜。夏天的夜晚，那些成熟的瓜们就会散发出诱人的香味，很是刺激我们的味蕾。我们会找准目标，分派好任务，有人放哨，有人去摘，有人来背走，很有条理。也有伙伴主动说偷自家的，但很少。我们偷瓜，对象大多是选择那些对小孩子不大好的大人们的瓜。这算是一种报复吧。也有精明的主儿正守在瓜地里，见我们来了，将我们赶得到处乱跑。我们一旦将瓜偷到手，就会平均分配，当场消化掉。我们一边啃着没洗的瓜，一边唱起歌：

下定决心去偷瓜，不怕牺牲钻篱笆；

排除万难偷到手，争取胜利跑到家。

后来上中学了，读到鲁迅先生的《社戏》，才知道先生跟我们一样，也有过这样看戏或者偷瓜的经历，我们也成了“迅哥儿”了。

我们也常常玩“过关”的游戏。玩法是一个人躬着身体，从最低变化到最高，由易到难分为一关、二关、三关、四关、五关。其他的人就从这个人的身体上蹦过，蹦不过者就被淘汰。我个子不高，但前四关我是常常过的，只是第五关最难，我有好多次没能跳过。我们也玩“打腿架”，就是“斗鸡”。伙伴们分成两拨人，都单腿站立，同时向对方冲去，站不稳脚落地的人，就被判为失败。这个游戏我常是胜利者。我们还玩“丢手绢”游戏，但手绢是没有的，我们就用草把。众人围成一个圈，有人会丢一个草把在其中一个人的背后，被丢手绢的人要是追不上丢手绢的人，就得表演节目，要是没有节目，学两声狗叫也行。有时我们也会打架，这家的兄弟和那家的兄弟打起来。我和二弟就曾经同陈家的红光、红耀打过架，但动手不重，算是打着玩的吧。我和二弟是极少同人打架的，但二弟在一天晚上还是被人打了。那时二弟只有十来岁，被队里十八岁的水成打了。水成坚持说是我二弟打了他的弟弟。二弟被打得很重，腿也骨折了，后来送到了县人民医院才治好。这件事是我记忆中永远的伤痛。

有月亮的晚上，我们一定会分成两班人，一班是解放军，一班是敌人，玩“打仗”游戏。解放军总是会戴上用杨柳枝做成的帽子，不大一会儿，就会将敌人给活捉。没有月亮天很黑的时候，也有人瞎编一些鬼故事，讲着讲着，就有人怕起来了，吓得不敢回家。我和二弟是不怕的，我们的母亲在天黑后不久就会在村子里大声喊着我们兄弟二人回家睡觉：“金虎、银虎（我和二弟的乳名），快回来睡觉啊……”一声一声，在村子里回荡。

现在，我不知道二弟是否还能听到母亲的声音。我是能听到的。多少次在梦中，我的母亲在喊着我们：“金虎、银虎，快回来睡觉啊……”这声音，是我生命中永远的幸福。

辑三／淳美脱俗情

于是，并排站着的十多个人的肩膀也左右动起来。你挤着我，我挤着你。我们笑嘻嘻的，伴随着挤的动作，口中不停地叫着“唉哟，唉哟”，很有节奏感。

阳光洒在我们的身上

小时候的冬天似乎特别冷。

20世纪80年代，我们不过十来岁，刚上初中。那时，一进入冬天，雨雪季节就到来了。寒风像刀子一样刮着我们的脸，那雨雪也像幽灵一般，想着法子钻进我们的衣领。家中兄妹多，我们身上的衣服也穿得少，能穿上棉衣棉裤的算是很好的家庭了。

我们，冷。即便是太阳出来了，我们依然觉得冷。

但我们男孩子有办法。十多岁的我们，靠着墙并排站着，站的人多了，不知是谁开始动起来，肩膀挤着肩膀。于是，并排站着的十多个人的肩膀也左右动起来。你挤着我，我挤着你。我们笑嘻嘻的，伴随着挤的动作，口中不停地叫着“唉哟，唉哟”，很有节奏感。有时，我们也会遇到身边势均力敌的某一位伙伴，两人较起了劲，肩膀抵着肩膀，暗地里使劲，看谁的力气大。但并不会有真正的输赢，就是某一位败下阵来，也照样哈哈大笑。

迎着阳光，我们就这样相互挤着。

阳光，就这样洒在我们的身上。

就那么几分钟，我们的身体热起来，我们不再觉得寒冷。进到教室上课，我们的注意力更集中了。一等到下课铃响，我们又一窝蜂似的钻出教室，排在墙根，开始我们的运动。

墙面有些短，有时人多了，便有人退出。他们单腿立起，架起了身体，这就是所谓的“飞机腿”。他们的“飞机腿”得来一场战斗，我们叫作“打腿架”。“打腿架”要获胜，腿得有力，冲刺的速度也要快。有人曾说个子高的小子要占优势，其实也未必。个子小的“飞机腿”灵活，便于转弯，便于逃跑。好些次，都是小个子“打腿架”取胜。

待到上课铃响，我们便会停止一切“战斗”，跑进教室，开始学习。

后来我们成年，我们参加工作，我们进行各种体育运动，但总是觉得没有那时“挤墙”（我们取的名）和“打腿架”快乐。

那片阳光，洒在我们的身上，一直照在我们的人生路上。

月季花开

我爱花，尤喜月季。

朋友送我一盆月季，说给我的生活增添点儿高雅情趣。我很是欢喜。儿时，我总盼着有一盆自己的花，可以天天观赏，无奈总不得手，偶尔也不过采摘朵牵牛花拿着，虽欢喜也觉不雅。有时也会驻足生物老师窗前，看他养的两盆月季，或含苞或吐艳，这朵炫目那朵含羞，煞是有趣。

而今，终于有了一盆属于自己的月季花。我小心翼翼地将它放到干干净净的窗台，认认真真地欣赏起来。这盆月季都已绽放，如张张孩子的笑脸，微风吹过，又像袅娜的白衣舞女。而绿得发亮，绿得刺眼的叶，不是抚摸孩子笑脸的慈母的双手，就是飘逸的白衣舞女俏俊的伴郎。

接连几天，我每天都要仔仔细细地欣赏。欣赏之余，我有了一种感觉，花也便只是花，欣赏而已，哪有友人说的高雅情趣？我不禁感到迷惑了。那花也像知道我的心思，在暗暗褪色。

紧接着我出差半月，待我归家时，花盆中的月季已凋谢。花瓣不见了，绿叶不见了，茎秆也枯萎了，在风中瑟缩。我急忙找来友人，友人说我没管理好，水都不浇，它怎么能活下去？他提了提茎秆，说倒还能活。

于是，日后我就对这盆月季格外上心。

我找来小铲，把花盆的土松了松，我小心得很，生怕弄坏了它的根，然后浇水，我慢慢地喷，水不多也不少。尔后，我便守在花盆旁边，真想看到它立即长出绿叶，开出鲜花。可几天过去，天天浇水，适量施肥，仍不见长出新芽。我仍旧浇水，终于，在一个雨后的清晨，看见了几片刚伸出脑袋的叶子，淡黄淡黄的，叫人喜爱。而我呢，比友人送我这盆月季时还要高兴。每天上班前下班后，我做的第一件事就是看看这盆月季，真希望它开出妖艳的花。

又一次花期到来时，这盆月季开花了。花不太大，白色，但不如上一次洁白。花被绿的叶子托着，如年轻的产妇抱着她的乳儿款款而行。在她的脚步里，我闻到了一股清香，一股醉人的清香，直渗肺腑。

我明白了友人所谓高雅情趣的含义。

一盆花，送到眼前，再美丽也不过欣赏而已。只有经过自己培育的花，哪怕不那么艳，哪怕是那样瘦小，也是值得欣喜。

世间万物何尝不是这样。顺手拈来的完美不一定完美，而自己创造的，哪怕只是一叶花瓣，甚或是一次小小的失败，那也是一种幸福。人生旅程，不要过于在乎成败，真正的喜悦与幸福是在跋涉的路途。

爬 山 虎

我常想起旧居的那一片爬山虎。

说是一片，似乎有点儿夸张的意味，其实就那么一株，几枝茎秆，些许小叶，没有密密麻麻，更没有“千树万树梨花开”般的韵味。夏天还好，有那么几许绿色，不刺眼，看了倒也让人舒服。春、秋时节，叶子淡黄，一副病态。而到严冬，更如大病的老妪，茎是她枯瘦的骨，飘零的几片叶正如她瘦弱的躯体在寒风中颤抖，增添了几丝悲凉。

住进旧居正值夏日。旧居是我外婆生前的居住处。在那儿，大家都把门紧闭着，谁也不认识谁，更不用说互相了解。我们一家三口则是因为我和妻工作无着落而暂居于此。

“爬山虎！”小女最先看到爬山虎，喊道。心绪不好的我和妻没有应答，无动于衷。

第二日，下了一场大雨。大雨过后，小女急急地把我拉到墙角，说：“爸爸，你看这爬山虎受伤了，它疼吧？”的确，一场暴风雨的吹打，使它原来不多的叶翻了过来，前行的蔓也耷拉下来了，一副失去生命力的样子。

“看样子它是死去了。”对花草绝无经验的我不理小女的问话，说，“把它扯掉算了。”

“别……”小女急忙说，“你看它多可怜，它只是生病了，它一定会好起来的，一定会爬得老高老高。”她一副充满信心的样子。

我不再为难小女，其实，这爬山虎的存在对我们是绝无妨碍的。

过了几天，果然，经过一场磨难的它，叶子又绿了，恢复了原样，又开始向墙上边爬动了。

我惊叹于它顽强的生命力，便和小女一样，开始每天都来看护这爬山虎。我们找来小铲，给它松土；小心地翻动它的叶，为它除虫。我们仔细观察它的“脚”。这些如壁虎脚般的“脚”，紧紧地吸着墙面，越是凸凹的墙面越是吸得紧，支撑着它的身体坚定不移地向前进。

“它每天向上爬很多呢。”小女像发现新大陆似的说。她又找来粉笔，让我在墙上做了记号，说：“明天，它一定会比今天爬得更高。”

我感动了，为小女的稚语，也为爬山虎坚忍顽强的上进精神。这对于无业的我，无疑是一种鼓舞，更是一种激励！

不到一年，我和妻都找到了工作，要搬家了。我们也依依不舍地和这株爬山虎告别，小女拉着我们说：“到了新居，我们也在墙角栽株爬山虎，好吗？”我和妻都点了点头。是的，我们一定要栽一株爬山虎，为可爱的还不谙世事的小女，更为在逆境中站起的我和妻。

爬山虎，永远向上的爬山虎，给人以向上的力量，给人以顽强的精神。你给予我的，是任何一位良师诤友的馈赠都难比的。

乡　　月

很长时间没有见到我家乡的月亮了。

月是故乡明啊。

住在这座小城也有些年头，每回月亮圆润地升起，我都会在心里问自己：这是我的故乡的月吗？

这不是我故乡的月。这是城里的月光。年轻漂亮的歌手许美静唱道："城里的月光把梦照亮，请温暖他心房，看透了人间聚散，能不能多点儿快乐片段。"这首歌想来是写出了人的心绪的。而我的乡月，是清澈如水，透明如光的呀。朱自清先生曾写："虽然是满月，天上却有一层淡淡的云，所以不能朗照，但我以为这恰是到了好处。"这其实也不是先生心中的那轮满月，只是先生心中的淡淡的愁思罢了。曾经多少个有月亮的晚上，我也拥有这"淡淡的云"笼罩下的满月，我"举杯邀明月，对影成三人"，沐着清幽的月色，像个教徒跪在神父面前忏悔一般与月对话。但，这真不是我的乡月呀。

乡月里藏着我的快乐。有月亮的晚上，就是我和小伙伴们快乐的天堂。有时，我们围成一圈，玩“丢手绢”游戏，有时也玩“打仗”，伙伴们都愿做“解放军”不愿做“敌人”，做“敌人”的事只得用“出黑白手”的方式来确定了。我们有时候也讲故事，讲王二小讲海娃，讲来讲去变成了自编的鬼故事，吓得几个胆小的伙伴不敢回家，哇哇大哭。

乡月里溢着我的幸福。奶奶的一把蒲扇，扇走了蚊虫，扇来了凉爽。那“牛郎织女”“天仙配”的故事就从缺了牙齿的瘪嘴里缓缓流出。奶奶有时也会出谜语，什么“青石板，板石青，青板上钉银钉”，这居然会让我猜上老半天。夏天的夜晚，常常有剥棉花的时候，父亲含着一支烟，那烟头一闪一闪地，他给我们讲三国，讲薛仁贵，棉花剥完了，还要留一句“且听下回分解”。有时，我们父子三人也来个“背诵古诗比赛”，你一首我一首，看谁记得最多。偶尔，母亲说一句“吃煮花生啰”，我们便像小鸟般向母亲身边飞去。

乡月里蕴着我的思念。“举头望明月，低头思故乡。”我无时无刻不在思念我的家乡。这种思念的欲望，年岁愈大，欲望愈强。季羡林大师跑了那么多国家，说：“这些月亮应该说都是美妙绝伦的，我都异常喜欢。但是，看到它们，我立刻就想到我故乡中那个苇坑上面和水中的那个小月亮。”“我寄愁心与明月，随风直到夜郎西。”我怀念在乡下度过的岁月，那些人，那些事，那片小树林，那只我玩过的铁环……“鸟飞返故乡兮，狐死必首丘。”我想，有一日，我总是要回到家乡，回到那片生我养我的地方。

海上生明月，天涯共此时。“故乡的歌是一支清远的笛，总在有月亮的晚上响起。”抬头望天，是一弯如弓的瘦月。你，是从我的家乡飘过来的吗？

1980 年冬天的一个大雪人

这应该是1980年冬天的事了，那时我只有七岁。

冬日的风是凛冽的。刮了两夜的大风，不少的树枝给吹在了地上，屋前房后，一片狼藉。我和六岁的弟弟就着土墙，晒着太阳。爹和娘正在发愁：手中一分钱也没有，只有十多天就要过年了，这个年怎么过啊？忽然，爹的眼睛中闪动着喜悦。他跑前跑后，像捡着宝贝一样，将那些地上的树枝聚拢了，堆在禾场上。

他找来锯子和斧头，将那些树枝一一锯成短条形，每一只都只有二十几厘米长；粗的树枝，他用斧头给劈细一些。忙活了半天，那些杂乱的枝条就很规矩地躺在了禾场上，竟占据了大半禾场。

“这得晒干，这柴晒干了就很好，要的人一定多。”晚上，爹又将这些木柴给收进屋里，第二天，又搬了出来。等到晒了五次太阳，爹笑眯眯地拿来秧架（用来挑秧的工具，也很方便装柴），小心地将晒干的木柴一根根地摆放在秧架上。爹摆得很整齐，像侍弄着他的儿子们一样。

“过几天下雪了，我挑到街上去卖，会有个好价钱的。”爹又说。爹就开始每天都听广播，想听到天气预报。几天过去了，还是没有下雪。爹就急了：“每年的腊月不是都有大雪的吗？今年是怎么了？”终于，在腊月二十八，迎来了一场大雪。

爹穿好衣裳，拉了拉我：“虎子，今日个你和我一块儿上街去。卖了柴，有油条给你吃。”我一下子来了劲，套好衣服，就同爹一道向集市上走。从家到镇上有七八里路。路上行人稀少，只有三三两两提着篮子去买菜的人。有风吹来，我觉得冷。爹挑着用秧架装着的一担木柴，吭哧吭哧地在前边走着，他的口中时不时地冒着白气，不知道是热气还是冷气。我冻得打战，但一想到那油条，就又加快了脚步。

爹将木柴挑到了菜市场，因为这里的人多，有可能买柴的人多。我们立在菜场最东头，爹站在前边，我躲在后边。不用吆喝，人家知道这是卖柴的。有个中年人过来问了问价钱，爹说：“三分一斤。”中年人说贵了，就走了。爹就又说：“全部买走，二分五一斤。”那人头也不回，爹上前了几步没有赶上。爹说：“这里人少了，我们挑进菜市场里边。”我们就进了市场里边，里边人多，我们歇脚的地方也难找。在肉摊边，爹想歇下，让那胖乎乎的屠夫给喝了声：“干什么！这儿是不能停的，不要挡了我的生意。”爹就又挑着向前走，在一家卖大白菜的摊位旁，爹跟人家说了声好话，才答应让我们歇在了白菜摊旁。

这里果然人多，一个年轻人过来，问了多少钱一斤后说：“交二分钱吧。市场管理费。”原来是收费的，爹手中哪里有钱，就说：“您看，我这还没有开张哩，要不，您拿几根柴走吧。”年轻人就走开了。一会儿，一个四十多岁的妇女过来问价，爹说：“三分一斤。”妇女说："二分一斤我全买了。"爹说："您看这木柴多好啊，晒得干，烧起来顺当，这样吧，二分五一斤，全给您了。"妇女又说："那不行，超预算了。这样，两分五一斤，我买一半。"爹就答应了，他知道今天的木柴不好卖，他指了指右边的那只秧架："这边有五十六斤，给您吧。您住哪儿？我给您送去。"妇女就在前头走，我们跟着。走了十来分钟，到了一栋两层楼那儿，妇女说："到了。"爹就将右边木柴卸下来。妇女说："你不会少斤两吧？还是称一下吧。"妇女拿过楼房里的一杆秤，一称，五十六斤，秤杆旺旺的，翘上了天。爹问我多少钱，我知道爹是在故意考我，我早就算好了的，说："一元四角。"妇女就递过一块四毛钱。爹又将左边的木柴挪了一半到右边，挑着向菜市场走去。我问爹为啥不卖左边的柴，爹说："左边的只有五十五斤，能多卖出一分钱是一分钱啊。"到了菜市场，爹却不向里走了，说："虎子，你要注意那年轻人，他来收钱，我们就快走。"我就开始注意那收钱的年轻人，人是没有见到，我的鼻子却闻到了飘来的油条香味。就在不远处，有个油条铺。爹说："我们去买油条吧。"我清了清喉咙说："爹，我不饿。"我知道木柴没有卖完，是不能吃油条的。

菜市场的人也越来越少，过来问价的人也少了。我们在那儿又站了快一个钟头，也没有人过来买。终于，一个老头儿过来了，说："看你们站了这半天，这样，一分五一斤，我买下了。"爹听了，停了一会儿，摇了摇头，对我说："虎子，我们回去吧。"爹就又挑着半担柴往回走。走过油条铺，爹掏出二分钱，买了一根油条，递给我："爹说话算话吧。让你出来就有收获。"我接过油条，先是好好地闻了闻，然后仔细地开始吃起来。我边吃边撕下一点儿给爹。爹说："我不吃，我早先吃过了的，你吃吧。"往回走了二三里路，爹忽然说："虎子，我们还是回街上去，我还真得将这柴给卖掉。"我就又和爹深一脚浅一脚地向街上走。爹没有去菜市场，却来到了那妇女买柴的地方。那妇女还在，爹就说："您看，这柴，我还是想卖给您，就二分一斤……"爹说话的声音很低。妇女转过了头："哦，还是你们爷俩啊，二分一斤？你划算不？好吧，看在你家小子的份上，我买了。这小子将来有出息的，斤两一出来就知道多少钱，多会算啊。"爹说那还是称一下吧，妇女说："先不是称了的吗？不称了，还是算五十六斤吧。"爹替妇女将柴整齐地摆放在屋角。妇女又问我多少钱，我说："五十六斤那就一元一角二分"。妇女递过钱来。爹说："不了，这边的只有五十五斤，不要这么多钱。"爹将那二分钱退还给了妇女。

爹拿出衣袋中的对角巾，将钱小心地包好。临走，我对那妇女说了声"谢谢"，然后我和爹踏上了回家的路。爹很高兴，又买了一根油条，他用力地嗅了嗅，又交到我手中："虎子，将这油条拿好，带回去给你弟弟和娘吃。"爹回家后就将钱交给娘去置办年货了。

那一天，爹和我们兄弟俩在一起，堆了好大一个雪人，是1980年冬天村子里最大的一个雪人。

姆　　妈

我写过不少的所谓文章，但从不敢写我的母亲。我不敢写的原因一是担心我笨拙的笔写不好我的母亲，二则我的母亲常被人称作“矮子”和“憨”，这是作为儿子的最私密的想念，我不大想写出来。

但，我还是想要写我的母亲，算是送给她生日的礼物。不然她的年岁越大，我就越不敢动笔了。

我们那儿称呼母亲不叫“妈妈”，这是我后来上小学时才知道的称呼；也不叫“娘”，那不是我们当地的口语。我们管母亲叫“姆妈”，从小时候我会说话起到现在我三十多岁，我总是这样叫她，多些亲切，多份尊敬。

姆妈的个子不高，大约只有一米五吧。她先后生养了我们兄弟三人，我是老大，老二比我小两岁，小弟比我小七岁。据说在我之前也怀过一个女孩儿的，但不知道是什么原因出生时却死掉了。为此，我奶奶责骂过她。奶奶能说会道，姆妈却沉默少言。奶奶常常会为了点儿小事把姆妈训斥得哑口无言，这大概就是封建家长的威望吧。等到我出生了，奶奶才对姆妈好一点儿，因为奶奶有了她的孙儿了。但是在照料婴儿时的我时，姆妈肯定没有经验，也因此遭到了奶奶更厉害的责骂。奶奶担心姆妈照看不好她的孙儿，就亲自来照管了。姆妈不能看管她的亲生儿子，可以想象，那时她的心中是一种什么样的滋味。每每这时，我的父亲是不会站在姆妈这边的，他是完全站在奶奶那边的，因为父亲是奶奶四十岁了才生养的唯一的儿子。现在想起来，那时的姆妈会是多么的无助呀。不久，奶奶去世了，姆妈先后带大了我们三兄弟。但以后的言行中，渐渐长大的我们从没有发现姆妈对奶奶的不满和抱怨。这些事父亲也从没有对我们说，是村里年纪大的奶奶说给我们听的。

我和大弟能满地跑的时候，常常有人对我们说“你的矮子妈”“你的憨姆妈”。要是大人说，我们兄弟总会怒目以对；要是小孩儿说，我们兄弟就会上去一顿撕打，不管是输是赢。姆妈做事慢。那时还没有分产到户，一到农忙，每人都有扯秧插秧的任务。分了任务，就得自己去完成。我们家就姆妈一个女劳力。这样，人家扯秧或插秧快一点儿，留下的任务就会越来越多。本来就慢的姆妈这下更慢了，因为有不少的“任务”是那些不讲人情的人留下的。她常常深夜回来，年幼的我们看到她的胳膊和腿上到处都是蚊子、蚂蟥咬的伤口。可是，我们又有什么办法呢?

父亲读过一点儿书，那时开始在村里做民办教师。学校事情多，他多半都在学校。忙完农活的姆妈回家后还得做饭、洗衣、喂猪、看孩子。后来包产到户，我们也渐渐大了，有时能下地做简单的农活，有时也能做些家务，姆妈这时才轻松一点儿。

姆妈不识字，可是她居然做了一件让我们几个儿子都佩服的事。父亲因为和人家闹纠纷，打断了人家的胳膊，先是躲避到了云南，五十岁的姆妈随后也跟了去，说要去照顾多病的父亲。我真不知道目不识丁的姆妈是怎样找到云南思茅去的。最后父亲还是进了派出所，得赔七千元钱才能放人。有人劝姆妈不要管了，但是姆妈说她肯定要管，和我们商量后，她又东奔西走，凑足了钱，父亲这才回到家。也许从这时起，父亲才真正地对姆妈好起来。这时候，姆妈五十二岁。

童年时我们兄弟总想着长得高点儿，超过她的个子，等到我们兄弟真超过时，她的脸上这才出现了笑容。她曾对人说，儿子矮了呀，难找媳妇的。童年的我们好玩，有时也不大情愿去帮姆妈做家务。记得有好几次，她扎篱笆要个帮手，找到了贪玩的我们，央我们回去帮她。谁知我们撒腿就跑。她也就跟了上来，但怎么也抓不到我们，我们哈哈大笑，她也大笑起来。现在想来，我觉得有点儿自责，但却是我们母子间最美好的回忆。懂事之后，她在我们心里一直都很高大。我们一直都觉得她是那么高大。去别人家里借风车水车，姆妈总是抬重的那边，她不知道她的儿子力气已经比她大很多了。我读师范时回家，家里水缸没水，我想去挑，她却不让，说：“家里来客了，还让你挑吗？”后来，从田里挑谷回家，我试过，却总挑不起来，但谁想，身高不到一米五的姆妈居然挑动了一百多斤的担子。也许，这就是矮小的姆妈的伟大力量了。

姆妈憨。这话是那些本来就憨的人说我姆妈的。我们兄弟三人从来不觉得她憨。姆妈憨，她给我们做了一双又一双布鞋，样式不大好看，但温暖耐穿，在那个年月，还讲什么好看？姆妈憨，每天做饭时会多放一点儿米，有时会多出不少的剩饭，这还不是为了让她的儿子们吃得更饱吗？姆妈憨，她炒菜时会多放点儿盐，在那菜少人多的日子，不咸点儿会够吃吗？姆妈憨，她时常吃冷饭，这不又节约了油盐柴火吗？姆妈憨，一个最大的西瓜留着不吃，放在床下却烂掉了，可你是否知道，等到周末时她的儿子们就会回来了呀。姆妈憨，管我们做事不认真叫“敷衍塞责”，可这个成语我在读中学时才弄懂它的读音和意义。姆妈憨，竟然会给我们讲许许多多的民间故事，当然，只是讲给她的儿子们听的……

姆妈的三个儿子现在都已成家立业了。我的条件比两个弟弟要好，我曾说让她跟我们一起住，她连连摆手说：“住不惯你们的‘鸽子笼’呀，我在乡下多好！”我的姆妈，如今还在乡下过着她的生活，仍然用瘦小的身躯挑着水、挑着稻，挑着她自己的生活。

我对他有愧疚

我对他，总是有着愧疚的。

那时我十八岁，刚上大学一年级。那一天是除夕，和往年一样，我们整个村子的男女老少一起庆祝新年的到来。我们村里有一条龙灯，除夕夜是一定会在每家每户舞上一圈的。参与舞龙的人也不是固定的，自由加入，想来就来。龙灯进到哪家，主人就要赠送舞龙人礼物，可多可少，一两条烟可以，一包烟也行。都是熟识的村里人，这样的吉日这样的活动，重在热闹喜庆，所以鞭炮是少不了的。哪家放的鞭炮多，那条龙灯就在哪家舞得时间长舞得精彩。

我是村子里的大学生，也乐于参与其中。但我不会舞龙，我只能做热心的观众。为迎接新年，像个小孩子一样，我还特意穿上了新衣。这新衣是一套西装，是母亲年前带着我在集市上请专人做成的。

我兴高采烈地看着舞龙，猛然，一支冲天炮响起，冲向了我，我机灵地一躲闪，还好，火星落在我的右脚裤管上。裤管顿时烧了个拇指大小的洞。我定眼望去，那个人名叫阶，一个大我十多岁的男人，一个小孩子正在燃放冲天炮，他用手将小孩子的冲天炮下压，导致冲天炮冲向了我。

“你是个小孩子吗？”我大声对他叫。我很生气，觉得他三十多岁的人了还像个孩子一样。其实，按辈分来讲，他是我的叔叔。

他听到了我的指责声，没有说话。

我走到他面前，继续说：“你知道我这是新衣服吗？”

他看了我一眼，继续跟着龙灯朝前走。

我跟上他，又叫了一句：“你不会说声对不起吗？”

他停下了脚步，看了我裤子上被火药烧了的破洞，仍然没有出声。

“你知道这衣服值多少钱吗？你知道我是专门请人做成的吗？你为什么不说话？”我为我的新衣服惋惜，我也为我的好心情消失而气愤，接连不断地责问他。

他站住了，听着我的斥责。

一旁的老人们劝我说：“这是好运气呢，走火了啊。快回家去换一件衣服吧。”听了这话，我才闷闷不乐地回到家里。

几年过去了，我大学毕业参加了工作。每年春节，我仍然会回到老家过年。有一天晚上睡觉时，我猛然觉得，那一年我似乎做错了什么。春节本来就热闹开心的事，阶叔无意中的逗闹才将我的裤管烧了小洞。我三番五次地训斥他，他大我十多岁且是我的长辈，可他一句话没回，那是他看我是村子里所谓的大学生的面子。这是因为他朴实忠厚。他不出声，也证明他认识到了自己无意的错误，我为什么还要穷追猛打地指责呢？

好几次我回到老家，想找阶叔说声“对不起”，但都没有找到他。

也许，朴实的阶叔早已忘却了。

我对他有愧疚，我当然是不会忘记的。我懂了得理更要饶人的道理。有理也要让三分，得饶人处且饶人，这是一种风范，更是一种智慧。

我不原谅他

我不是一个不讲道理的人，我也不是一个得理不饶人的人。我觉得宽容他人是一种快乐。

但是，我不原谅他。

他，是我的老师。我不原谅他，是因为我如今也成了更多学生的老师。

他叫琏。那一年我读初二，他是我们的班主任，教我们语文。农村出身的我，自幼吃过些苦，品质良好，也还算是个爱学习的孩子，当年的成绩总是名列前茅。作为优秀学生的我，遇上了一件刻骨铭心的事。

课间十分钟，我们常常会打乒乓球。打乒乓球时我们流行“打擂”，赢了的就是擂主。临上课时，我成了擂主，班上的同学周智攻擂。我们两人你来我往，水平相当，这一次发球，我们居然拼杀了近五分钟。这次发球一打完，我们两人气喘吁吁地跑到了教室门口。恰好第二次上课铃声响起，我们拿着乒乓球拍，正准备往座位上走。

“哪里走？”琏在讲台上喝住了我们。

其实平时上课，他都是第二次铃声之后才进教室的，不想，他这次提前进了教室。

我们站住了。

他走下讲台，走到教室门口，拦住了我们。意想不到的是，他扬起了粗壮的手臂，对着我和周智同学，一人一耳光。顿时，周智同学的嘴角流出了鲜血。我抿着嘴，我知道我的嘴里也有血。我不想让班上的同学看到我流血的场面。

然后，他对我们吼了一句：“滚回座位！”

我们没有说一句话，走回了座位，慢慢地擦拭着嘴角的血。

那时胆小的我们是不敢出声的，回家也只是闷闷不乐，不敢和父母说。但从那时起，我在心里就没有原谅他。

我曾在心里想，我和周智两人其实也没违反纪律啊，下课时间打乒乓球，在第二次铃声时进教室也不算迟到啊。即使是我们迟到了，或者犯错误触犯纪律了，他也不应该抬手给我们耳光啊。况且，我和周智两人的表现也一直很好，是班上的优秀学生呢。后来我们知道，琏虽说是我们的班主任，但其实即使是一学期过后，班上学生的名字他也是叫不出几个的。

我大学毕业之后，选择了做教师。有了自己的学生之后，我更不会原谅他了。做老师做班主任，要在最短时间内认识自己的学生，不要教了一个学期之后，连名字都叫不出。做老师，要了解自己的学生，与自己的学生平等交流。即使是学生犯了错误，要耐心教导，适当处罚也行，绝对不会粗野处理，用耳光解决。老师无意中一句鼓励的话语，可能带给学生莫大的鼓舞；而偶尔的一次失误处理，可能会给孩子的一生带来负面的影响。

后来，我偶然在街上看见了他，但我没有跟他打招呼。当然，他也肯定是不认识我的。

我不原谅他。

我想做个好老师。

小时候常听的故事

当我们渐渐长大面对世俗烦扰的时候，总会想起小时候的故事。这些故事，大都是听到的或看到的，也有自己经历的故事。小时候的故事，回味无穷；小时候的故事，享受一生。

幼小的我在乡下总爱钓鱼，竹竿上挂根弯钩，穿上蚯蚓，半天不到，总能钓上半桶鱼。这时我就想要回家了，因为我会想到鱼精的故事：有个钓鱼人在河边钓鱼，有一次接连不断地钓到鱼，最后拉起了一条特大的鱼。鱼摇身一变，变成了一个美丽的姑娘，和钓鱼人做起了夫妻，不过才两日，钓鱼人便死去了。原来那美丽的姑娘是鱼精，她要惩罚人间那些贪心的家伙。

如今我依然会想起鱼精的故事，因为它时刻在警醒我们：不要贪心！

小时候，我总会听到沈万山的故事。沈万山曾拥有万贯家产，但结局却是沈万山的儿子拿着只金碗沿街乞讨。人们看着金碗，谁也不肯施舍。这故事常常讲，我的耳朵快听出茧了。这故事其实就是告诉我们：要勤俭节约，创业了更要能守住自己的事业。

夏天的夜晚，乘凉时我们总会听到诸葛亮的故事。诸葛亮上知天文，下懂地理，无所无通无所不晓。他巧布八阵图，他舌战群儒，他七擒孟获，他用计谋草船借箭。于是，我们对诸葛亮是崇拜至极。于是，年幼的我们下定决心：发奋读书，读书会使人如诸葛亮般聪明。

我也曾读到过“孔融让梨”的故事。不过，小时候我们很少能像孔融那么做事，有苹果我们倒还是常常选最大的。如今，我知道这是教我们谦让的故事，我们便常将这个故事讲给我们的孩子来听。

小时候的故事，平淡中蕴含哲理；小时候的故事，点滴里启迪人生。咀嚼着小故事，我们渐渐长大、变老，让我们的人生回味无穷。

魂牵梦绕东荆河

岁月似刀，毫不留情地将皱纹刻上我的额头；岁月如酒，陈年佳酿中缓缓流淌出我魂牵梦绕的东荆河。

几回回梦里相思，我魂牵梦绕的东荆河！

东荆河是我儿时的欢乐之河。还是春寒料峭时节，我们几个放牛娃却早已光着屁股“扑通”蹦进了河里，仿佛就是河里的一条鱼，自由自在地游着。你来一通“狗刨”，他来一下“仰泳”，笑声颤得河里的鱼也跟着撒欢。我们用身体筑成“人墙”围攻鱼，向岸上一齐泼水，偶尔也有不幸的鱼被晾到岸上，我们不将其“正法”，而是立即欢笑着将它甩进河中。天气晴好的日子，我们也在河里钓鱼，但我们不是静心地垂钓，因为我们没有姜太公那份闲情。我们把一颗缝衣针拉弯，变成鱼钩，上头挂一团蜘蛛丝，来到河边“甩鲷子”。我们两人配合，前边的人只管快速拉竿，后边的人尾随着捡鱼，常常不到一个钟头，就是几斤好鱼，回家后赢得村里叔婶一阵赞叹。

东荆河河滩更是我们的乐园。河滩水草丰盛，是放牛的好场所。牛美美地用餐时，我们就开始尽情地玩耍。河滩里也有树，应该是对河堤起防护作用的吧。我们常常比赛，看谁爬树爬得最快，看谁拾的蝉蜕最多。我们有时也会遇见蛇，不太粗，大都是水蛇，我们并不怕的，有伙伴曾多次提起它的尾巴不停地抖着，炫耀着自己胆子大。我虽不怕，倒一次也没有提起过蛇。等到肚子“唱空城计”时，我们也有办法对付。河滩里绿油油的一片，那是花生藤，顺手一扯，绿绿的藤下边是白白的果，若是四五月，果是软的，却分外甜。等到七八月，果才成为真正的花生，脆脆的，感觉比煮熟的还要好吃。我们总是吃一会儿换一个地方，不让一个主儿损失太多。也有吝啬的主儿大老远地看见就嚷：“小兔崽子们又捣乱了，吃就吃，别踩坏了……”我们也怕，怕见了我们的面告诉家中父母，便如鸟兽散，拔腿就跑。

走在河滩，踩着脚下细软的沙，河面吹来轻柔的风，给人特别惬意的感觉。每每这时，我脑子里就会闪现出鲁迅先生笔下的一个画面：一轮金黄的圆月下，一个戴着银项圈的少年，站在绿油油的西瓜地里，手中一柄钢叉正向一只偷吃西瓜的猹用力刺去……而我，我就是那个西瓜地里的少年吧。但我没有银项圈，没有钢叉，我也没有见过那种叫作猹的东西。但我可以骑上牛背，看牛悠闲地吃草，可以天南地北地胡思乱想，可以自在地吹吹口哨。即使心烦意乱的时候，我们还可以去拜拜菩萨——河滩小屋里信佛的人用泥捏成的圣物，我们会像信徒般虔诚，跪拜、上香，一脸的严肃庄重，没有半句戏言。

如今，我已年过而立，却总会不经意地想起东荆河，想起东荆河里的光屁股少年，想起河滩上香脆的花生。什么时候，我能自由自在地再去东荆河里“狗刨”，再吃一吃河滩上香脆的花生呢？

魂牵梦绕的东荆河啊，你就是一条情丝，永远地缠绕着我的心；我，就是你放飞的一只风筝，不管飞到哪儿，线，总是牵在你的手里。

一方池塘一方梦

我的家乡在江汉平原，长江像一条巨龙从县城边游过，汉水支流东荆河如一条玉带绕着我们的小村庄。这里的平原地势平坦似棋盘，大大小小的池塘如棋子一般，散落其间。

我们的小村庄，就有着这么一方池塘。我的家就在池塘边上。

幼小的我们听着池塘边的洗衣声慢慢长大。天刚刚泛白，池塘边仿佛是个小集市一般。东边的婶婶，西边的婆姨，端着一个大木盆，一颤一颤地走出来了。大木盆里是一家人昨晚换下的衣裳，有时也有大大的床单，那是家里的小孩子又尿床了。木盆的上边有洗衣板，洗衣板是波浪形的塑料块，两端钉上了木块，还有洗衣粉，用小盒子装着。木盆的最上边是一个小板凳，这是用来坐着洗衣裳的。没有预约，每天几乎是固定的时段，池塘边的女人的声音准时响起。衣裳就着洗衣板，发出“扑哧扑哧”的声音，如一个乐手敲打着手鼓。也有用洗衣棒来捶洗的，洗衣棒发出的声响就大了，“嗵”地响着，应着不远处的回声，将东方云层里的太阳叫了出来。

男人们挑着大大的木桶来担水了。木桶来时空空的，走时满满的。他们时不时地和别家的女人说着笑话。小孩子们也醒了，来到了池塘边，稍大一点儿的，就开始择菜洗菜。小一点儿的孩子呢，母亲找来个小瓶子，灌了洗衣粉的水，让他们就着一支小管子，吹起五颜六色的小泡泡。

幸福的一天就这样开始了。

村子里有池塘，最快乐的当然是男孩子了。这其中就有我一个。

我们用细长的竹竿钓鱼，上头系了细细的尼龙线，尼龙线上系了五分钱买来的鱼钩，鱼钩上挂了红红的蚯蚓。红红的蚯蚓最能诱鱼，尤其是鲫鱼，鱼钩才下水，就有鲫鱼来咬钩。简单的钓具也能大有收获。不到一小时，小小的鱼桶里就会有十多条鱼。有时会钓上刺泥鳅，这是我们最心烦的事，那家伙浑身是刺，咬上了鱼钩却难以取下来，弄不好还会伤了我们的手。机会好时，我们居然能在池塘钓起甲鱼。我曾经就很幸福地钓起了一只甲鱼，虽然鱼钩被拉断了，掉进了池塘边的稻田，但最后还是没能逃脱被我抓住的厄运。有时不钓鱼，我们也可以用水盆蒙上层塑料纸来捕鱼。盆里会投放些细米类的食物，蒙上的塑料纸上有个小洞，放在近岸边的水下。一会儿，就会有贪吃的小鱼进到小洞里，成为我们的猎物。

最快乐的事当然是游泳了。十岁之前，父亲母亲是常年地叮嘱我们不要到池塘边玩，更不要下到池塘去，说池塘里有水怪专吃小孩子。但我们不管，在炎炎的夏日，我们会背着父亲母亲，下到池塘里去。我们的游泳没有教练，全部是自学成才。七八岁的我们，都会“狗刨”，两只手不停地向前刨，两条腿不停地向后蹬。长大了一些，我们学会了仰泳，这是最轻松的姿势。还有潜水，我们叫作“扎猛子”，我们经常进行着各种比赛。

有了池塘，村子里就多了高兴的事。池塘里每年都会投放些鱼苗，腊月二十左右，村里就架起了抽水机，不停地将池塘的水向稻田里排放。我们管这种事叫“干坑”。“干坑”了，池塘里的鱼就全显现出来了。看着鱼在剩下的一小片水域里拼命蠕动，我们庆祝着属于全村人的丰收。村子里的成年人提了水桶去捡鱼，再运到村子里的仓库去。

最幸福的事是分鱼。大大小小的鱼，按重量平均分成小堆，然后抓阄。抓阄一般由父母派出孩子来参与，拿到阄之后，全家人都会幸福地提起自己的那堆鱼，高兴地说：“好啊好啊，我家的小子运气好着哩，抓到的鱼最好……”人们都说着相似的话语，孩子们一路跟着，连蹦带跳地回到家中。

去年春节之前，我回到家乡，回到了生我养我的村子。那方池塘已然没有了清澈的水，也不见自由游动的鱼，满池塘的水草，散发出有些腥臭的味道。我问父亲，父亲也只是叹气。走在池塘边，我似乎看到了小时候的我，我们在池塘里快乐地“狗刨”着。可是如今，这方池塘带给我们童年的美好哪儿去了呢？

此生最美的风景

旅行家是个真正的旅行家，他游遍了各旅游胜地的山山水水，见惯了各旅游胜地的民风民俗。他曾用双手捧起喜马拉雅山的雪，他曾用双脚丈量过东岳泰山的高度，他的肌肤亲吻过天涯海角的海水，他的双眼眺望过长城上空的雄鹰。他还有过几次出境游的经历。

“我要寻找此生最美的风景。”旅行家常常说。

旅行家五十多岁了，常有人问他心中最美丽的旅游胜地是哪儿。他总是摇头，总是叹气。

“我送你一首歌吧。”有朋友说，“这首歌就叫《你是此生最美的风景》：你是此生最美的风景，让我心碎却如此着迷，就算世界动荡，再绝望也有微笑的勇气……”

摇头和叹气没能阻挡旅行家前行的脚步，唱着《你是此生最美的风景》，他又上路了。

他来到了一个小山村。小山村卧在两座山之间，像一个婴儿睡在温暖的摇篮中。

有山泉从山上流了下来，叮咚地响。泉水清澈见底，有大大小小的游鱼自由自在地摇着尾巴。旅行家卷起裤脚，将脚伸进泉水之中，轻松地晃动着。这是他从来没有见过的清泉，他又躬下身来，用双手捧起一捧泉水，捧进口中，一股甘甜顿时沁进了心底。

真是一个胜地。旅行家在心里想。这是他此生见过的最美丽的风景了。

泉水边有棵树，不知名的果树长着不知名的果子。旅行家是不想摘果子吃的，他知道这果子是有主人的。但是，阵阵香味飘来，他禁不住诱惑。他像个猴儿一般窜上了果树，将一颗果子送进了嘴里。旅行家怀疑这果子是王母娘娘的蟠桃。一个老头儿立在树下，笑呵呵地望着他说："吃吧，尽情吃吧，想吃多少就吃多少。"旅行家接过话说："老伯，我会付给你钱的。"老人只是笑。

又有男男女女走了过来，对着他笑。旅行家见了，也只是笑着。有只黑狗跑前跑后，对旅行家拼命摇尾巴。

"这真是个胜地。"旅行家连声赞叹。

远处三三两两的房屋若隐若现。旅行家走近一处房屋。屋子是老式的，屋顶盖着布瓦，只有一面围墙，另三面都是用木板围着。旅行家更加来了兴趣。他觉得这屋后应该有一架水车的。他转到了屋子后边，果然有一架水车。可能年久失修，水车已经不能使用了。

要是有人愿意为这旅游胜地做做广告，一定会游人如织的。旅行家想。

他迅速蹩进了屋子。

屋子的陈设简陋，但很整洁。一张放大的照片赫然挂在墙壁。照片上的孩子咧着嘴，哈哈笑着，旅行家觉得有些熟悉。有个老太婆从里屋走了出来，他又觉得似曾相识。

“这照片上是谁啊？”旅行家问老太婆。老太婆笑了笑，说：“孩子，你再看看。”

旅行家就又看了看照片，说：“很有些像我小时候哩。”他又仔细看了看老太婆，“扑通”一声跪在了地上：“娘！”

老屋，黑狗，水车，果树，清泉，还有最亲爱的爹娘，电影一样在旅行家脑海里放映。

泪，淌满了旅行家的脸。

旅行家再没有离开村子半步。因为他知道，走过千山万水，真正的胜地就是自己的家。

他在心里唱起了那首歌：你是此生最美的风景，让我心碎却如此着迷，就算世界动荡，再绝望也有微笑的勇气……

请母亲上餐馆

我参加工作快二十年了，每隔几天，有时甚至是每天，我和我的朋友们都要上餐馆吃饭。大大小小的餐馆，遍布市内的大街小巷，没有我们去不了的。进了餐馆，叫上好吃的火锅，或者来几样从没吃过的新鲜菜，推杯换盏地喝上一阵子，有时公费开支，有时轮流买单，每次最少也要花上二三百元。

那天，我又上了餐馆，那是市里还算豪华的一家新装修的餐馆，市刑警队的老同学江海做东。我们几个同学好好地喝开了，不胜酒力的我当然有了醉意。回到家，我倒有些清醒了，因为母亲打来电话，说想看一看她的孙女也就是我的孩子小菡。我说明天星期天，我将她送回老家去吧。我想起我的母亲，她六十岁了，在我的记忆中，她是从来没有上过餐馆吃饭的。什么时候，我能请母亲上餐馆吃饭呢？母亲在乡下老家，离我们这儿有一个多小时车程。我计划第二天我们一家三口一起回乡下老家，请母亲上餐馆吃饭。

我和妻子娟子、女儿小菡回到老家的时候，已是下午三点多。见我们来了，母亲高兴得合不拢嘴，直拉着小菡赞叹：“又长高了，又长高了……”然后就开始张罗晚饭。我说：“妈，我们就一起到镇上去吃饭吧，我请您吃。”

母亲连连摆手：“不，那咋行啊？那得花多少钱啊？多不干净！”我听了忙说：“餐馆我们来时就订好了的，您一定要去，您的儿子经常在餐馆吃饭。今天请您吃这餐饭，就想报答您的养育之恩哩……”面对母亲，我又是小孩子了，想着将母亲“骗”去。母亲呢，面对自己的儿子，又怎么拗得过？

“好吧好吧，只当是我来陪你们去吃了。”好不容易，母亲笑着答应了。

吃饭的地点我订在镇上的帝王酒家，这是我回到老家时常来的一家饭馆。进到饭馆，找到我订好的包间，我从服务员手中一把拿过菜单，让母亲点菜。母亲又推辞：“我会点什么菜哟，你们吃什么我就吃什么，四条腿的我就那板凳不吃，还是你们点吧，要不，让小菡和娟子点菜。”小菡听了就说了个土豆蒸肉。母亲又让娟子点菜，娟子点了个酸菜鱼，她喜欢吃鱼。我还是让母亲点，母亲想了想，点了青辣椒炒肉丝，我让她再点个菜，母亲就又说：“那就来个清炒小白菜吧。”我看了看菜价，小白菜才五元钱，敢情是母亲在为我节约哩。我加上了母亲点的菜，又加了上长江鲢鱼火锅，因为我觉得菜太少了。

等菜来的间隙，我想了想菜单，母亲是不喜欢吃肉的啊，怎么点了青辣椒炒肉丝呢？其实这个菜是我读书时最爱吃的菜，上高中时，母亲好几次做了这个菜送到我的教室门口。原来她是点给我吃啊。那母亲喜欢吃什么菜呢？我想点一个母亲喜欢的菜。想了好几分钟，我也没能想出来，只记得印象中的母亲什么都吃过，又像什么都没有吃过。对了，母亲不是喜欢吃鱼头吗？每次吃鱼，都是母亲吃鱼头。可是，长大的我知道那是一种特别的母爱啊。想了想，我还是加上了剁椒鱼头这个菜，或许母亲还真喜欢吃鱼头哩。

菜上来了，我们请母亲先动筷子。母亲拿起筷子，夹起土豆蒸肉就往小菡碗里送，又夹起一块酸菜鱼给娟子，然后，将青辣椒炒肉这盘菜推到了我的面前。我连忙将剁椒鱼头夹给了母亲，母亲笑了,说：“还是你最知道妈想吃什么啊。”我们就都笑了起来。一会儿，有人推开了房间的门，是我小镇上的两个朋友。他们知道我回来了，来给我敬酒的。他们拿着酒要敬母亲。母亲是不会喝酒的。我就向他们明说了，不希望他们来打扰。母亲见了，说：“人家来了，你就陪着喝吧。”母亲下了命令，我只得陪着喝。他们敬了，我还得出去回敬。一圈下来，我已是飘飘欲醉了。母亲忙着让我吃菜，不想，刚吃上两口，我嘴里的酒水给喷了一地。母亲和娟子就又忙着拿来毛巾为我擦拭。我趴在了桌子上：“你们吃吧，我饱了……”我想我是醉了。

后来的事我就不知道了，也不知道怎么回家的。

第二天清早，母亲打来电话：“怎么样了啊，林子？”我的酒早就醒了，忙对母亲说着对不起：“妈，明天我回来请您上饭馆吃饭。”

“昨天不是吃了吗？”母亲笑着说。我这才想起昨天是在请母亲吃饭。妻子在一旁听了，也责怪我说：“你呀，请母亲上饭馆吃饭是让母亲受罪哩。母亲上饭馆，时时都为我们想着，我看，几时将她老人家请到我们家里来，你和我来做一桌子菜，让老人家尝尝才是最好的。”

我在心里笑着想：什么时候，我能给我亲爱的母亲真正地献上一桌美味佳肴呢？

木盒里的秘密

这是个星期天，我想和老婆娟子、儿子小丁一起到西门公园去玩。这小县城也没有什么好的去处。去西门公园是上个星期就说好了的。一大早，娟子就开始张罗了，说得带点儿吃的喝的，不然那儿的东西那么贵怎么能行，还说得带个垫子去，不然坐在地上脏死了。正准备出发时，我的电话响了。

电话是乡下的妹妹王红打来的，王红的语气有些急：“哥，你快回老家来吧，我刚听人说咱娘又病了。”王红说完就挂了电话。我忙着和娟子说：“今天就不去玩了吧。妈病了，我要回乡下去。”转过身我又对丁丁说：“要不我们一起去看看奶奶？”听了这话，小丁蹦了起来，叫道：“好哩，我可以看奶奶了呢，奶奶那有件宝贝哩。”娟子有些不高兴，我就想问个清楚。娟子说：“上半年不是回了一次老家嘛，村子里的人都说你娘有件宝贝，说是用个古色古香的木盒子装着。我只看过那木盒子，就让小丁去拿过来看看盒子里的宝贝，倒让你娘给训了一顿。到底有什么宝贝？连自己的孙子也不给看。”小丁大声叫道：“我们快走吧，不要吵了。”我们便不再争了，叫了辆出租车出发了。

其实县城离老家白水村只不过二三十公里，叫个车不用一个小时就到了。但我回老家的次数并不多。我觉得自己真是有点儿忙，好像天天都有事，每天都在忙。上次回家的时间大概是三月份吧，眼下已经是九月了。我的老家其实也就娘一个人，父亲十多年前就去世了。好几次我说让娘到我在城里的家中去住，可娘总说年纪大了，不大习惯。好在娘的生活还能自理，再说，妹妹王红就嫁在邻村，多多少少有些照应。至于生活费，我当然是每年提前就给了的。这一点，我还是感到心安的。

我们一家人回到老家的时候，妹妹王红早就到了。隔壁李大爷小声地埋怨着我们兄妹：“你看你们，一个吃着公家饭，一个就在邻村，咋不多用点儿时间来看看你娘？”王红一把扯过我说：“哥，娘的高血压和心脏病犯了，倒在了地上，这次要是不是李大爷看见后扶了起来，我们怕是见不着娘了。刚才村里医生来过，用了点儿药，说还是得到大医院去查一查，这病随时都有可能复发的。”

于是，我对李大爷连声说着感谢的话，又忙着和王红准备着将娘送到县人民医院去。娘还不能说话，知道一双儿女回来了，不停地点着头。一会儿，东西收拾好了，还是那辆出租车送我们去医院。临上车，我娘用手指了指床头，我一看，是个木盒子，我想起早上娟子说的话，心想娘是想着带上她的宝贝吧。我拿过盒子，用枕巾包了一包，递给了娘。娘这才上了车。

进了人民医院，挂号、住院，一切都还顺利。姓刘的主治医生说：“幸亏你们送来的及时，不然，你娘真的有生命危险了。老年人同时得了高血压和心脏病，可能随时与你们说再见，你们要重视啊。”住院用了三天的药，娘的病情这才好了些。在病房外的走廊，王红问我：“哥，你说娘的木盒子里真的会是一件宝贝吗？”

“我不知道。也许是吧，我听娟子和小丁说的。”我说。

“我想应该是件宝贝吧。”王红说，“村子里的人说娘在三年前就有了这个宝贝，有人看见娘在村东头庙台下开荒时得到的，后来娘就用她最珍贵的针线木盒子给装了起来。”

“去年家里闹贼就是这回事吧。”我又说。

“肯定是啊。但是娘天天抱着木盒睡觉哩。”王红说，“你猜会是个什么宝贝？”

“大概是个什么古董吧。”我猜。

“过两天娘就出院，我们问问她吧。”王红说。

两天后，娘要出院了。我们买了些药一并带回去。到了家，来看望的人们都走了。王红问起了娘：“娘，您那木盒子里真是个宝贝吧。”娘的精神好多了，但话到嘴边又缩了进去。我就又问了一遍，说：“有宝贝让儿子替您保管好，对于您也安全些。”娘这才拿过盒子，盒子里咚咚的响。真是宝贝哩，我们二人想。娘慢慢地打开盒子，里面是些奇形怪状的小石子。

我们兄妹同时惊讶地说：“这哪是什么宝贝啊，娘？”

娘顿了一下，轻轻地说：“这才真是娘的宝贝哩。你们看，这石子有大有小，再数一下看，大的有五颗，小的有十一颗。这就是说，这三年来，林子来看了我五次，红子来看了我十一次。人的年纪大了，什么事都恋着自己的孩子，总想着你们能来多看看娘，娘把你们每一次来看得多金贵，这就是娘的宝贝啊。什么时候娘走了，就让娘把这宝贝也带走吧……”

娘的话还没有说完，我和妹妹早已哭成了泪人。

鞋

我出生在一个并不富裕的家庭，父母生下了我们三兄弟。我是家里的长子，听说在我之前是有个姐姐的，但只活了几个月就夭折了，父母伤心了好一阵子。大弟比我小一岁多，小弟比我小六岁。那时的人们，活着能吃上点儿什么都是难事，更不用说脚上的鞋还来点儿讲究了。

但是，我们三兄弟脚上总是会有鞋的。

我们穿的是母亲亲手做成的布鞋。那布鞋温暖，舒适。

每到夏秋时节，母亲就开始张罗起来。她先将家里人破烂得再也不能穿的衣裳剪成一块块的碎片，这是做布鞋的原料。这些碎片有大有小，有红有绿，有方有圆，煞是有趣。然后，她将家中不能吃的细米碾碎，熬成面糊。再找来一大块木门，用面糊将那些七七八八的碎布片糊在木门上。天气晴好的时候，母亲就将这块木门搬到外面晒一晒。用不了几天，碎布片晒干了也就成了一整块了。这是用来做鞋底的。这样的鞋底厚实，耐用。

等到阴雨天的时候，母亲就搬出了她做鞋的家什——一个小提篮。小提篮里有针线，有剪刀，有顶针（纳鞋时保护手，以防针扎到手。后来我在学校学到顶针的修辞手法，不知这种修辞是不是和这个小东西有关），还有一个小布包。小布包最有趣，里面有很多用红颜色的笔画的鞋样，这对当时极少见到美术作品的我们来说又是一番惊喜。母亲也将小布包看得很珍贵，每次只是让我们看上几眼，就关上了。当然，看的时候，母亲心中就有了一双鞋的样子了。于是母亲就开始剪起来，那剪刀像张着口的小怪兽，不停地吃着东西，一会儿，一个鞋帮就剪成了。鞋帮不只是一层，有三四层吧，我记得母亲每次用面糊粘好几次。至于鞋底，那就不只是三四层的活了，母亲将先前晒干的碎布片剪成鞋样，再重合在一起，应该有十多层吧。后来，听谢晓东唱《中国娃》这首歌时，我才知道这种布鞋叫“千层底”。千层底，多么形象啊，纳进了天下母亲的千般爱。

纳鞋底是我们认为最有趣的事了。母亲眯着眼睛，一会儿就将线（我们叫它“索子”）穿进了小小的针眼。纳鞋的时候，母亲左手拿着鞋底，右手拿着针线，一会儿将针插进鞋底，一会儿又迅速抽了出来。线还长的时候，就像是拉着小提琴一样，悦耳的音乐就从母亲的手里流了出来。不一会儿，线就短了，母亲仍然忙个不停，像在侍弄自己的孩子一般。看着有意思，我们就也想玩玩，母亲笑着让我们试了试。我拿起针，使出了吃奶的力气，那针，却像没了尖头一样，一动不动，插不进鞋底。母亲笑着说：“这是要有功夫的啊。”我们兄弟就惊了起来：“哎呀，这还要学武功啊？”说得全家人都笑了起来。

我们穿着母亲做的“千层底”，从咿呀学语走到了小学校，从小学校走到了镇上的初中。我发现我的鞋比村子里小伙伴们的鞋要好，因为我们脚上的鞋可以穿上一年多，他们的只能穿一个季节，而且，我们的鞋在下雨的时候也能穿的。鞋终于穿破了的时候，我发觉，我们的鞋比伙伴们的鞋要厚两层哩。“多一层的鞋底都难纳呀，你的母亲不知哪来这么大的力喔？”一个小伙伴说。我心想，难怪我们的鞋也暖和得多呢。

我读初三时，看到校园里到处都是白亮亮的球鞋时，一把丢过母亲做的布鞋，说：“不穿了。”母亲听了，小声说道：“不穿就不穿吧，我知道，现在的孩子都嫌母亲做的布鞋丑，明天我们上街去买双球鞋吧。”这样，我结束了穿布鞋的历史。我不知道当时不懂事的我是否伤了母亲的心，但我从那时开始明白，真正懂得孩子的，还是母亲啊。

后来我参加了工作，穿上了锃亮的皮鞋，我觉得这特别有派头。可是，我常常是一回到家就忙不迭地换上了拖鞋。穿皮鞋脚不透气，不舒坦啊。于是我就上布鞋店去，买了一双布鞋回来，但穿上却总觉得不踏实。走起路来，也不是那么顺溜。

我又想起母亲的布鞋。但是，母亲老了，不能为我们做一双双布鞋了。

走了那么多的路，我还是觉得穿着布鞋走的路最顺畅。穿了那么多的鞋，我还是觉得母亲做的布鞋最舒坦、最温暖。

母亲年纪大了，不能给我们兄弟做布鞋了。现在，是我们做儿子的给她买鞋的时候了。

我参加了工作，搬到了县城住。回乡下老家看母亲的时候，我就想到要给她买双皮鞋。那次刚好是在她的生日之前，我想着正好送一双鞋给她做生日礼物。我看中了一双黑色的皮鞋，刚好是37号，价格也不算高。我立刻买了下来。到了家中，我拿出鞋，母亲很惊喜：“你给我买什么鞋啊，怪费钱的。”邻居们羡慕不已。母亲的声音就更大了：

“这是我家的老大给我买的哩，真好真好。”我的心里就更有了一种幸福感。但是，之后的很多日子里，我从没有看到母亲穿上我买的那双黑皮鞋。我问母亲为什么。母亲说：“舍不得啊。”一会儿，小弟在我耳边小声告诉我：“哥，你买大了，咱妈的脚哪有那么大？”我偷偷看了看母亲的脚，真的是啊，我的那双鞋买大了。去年过年前，我又想着要给母亲买双老年布鞋。这次我特别注意了尺寸，挑了又挑，选了又选，一拿回家，就对母亲说：“妈，上次给您买的鞋大了，这次肯定是不会大的。”我赶紧让母亲试了试，这次倒小了一点儿。母亲却说：“蛮好蛮好，这次真的蛮好哩。”我还是将这话说开了：“唉，上次给您买大了，这次买小了，做儿子的不称职啊，竟然不知道母亲脚的大小。”

母亲接过话说：“只有做妈的知道儿子脚的大小，哪有儿子知道母亲脚的大小的啊？”我听了，心里酸酸的。天下的母亲最伟大啊！

今年又快到了母亲的生日，我想着还是给母亲买双鞋。

“要是又买得不合适呢？”小弟说。

“今年啊，我将妈带上街去买，还能不合适吗？”我得意地笑了起来。

今年，一定能给母亲买双合脚的鞋，我坚信。

豆瓣酱香

春风吹来麦苗的清香，母亲下到了田地里。

她只用眼睛瞟了瞟麦子的长势，就一下子钻到了豌豆地里。母亲和父亲像分工了一样，父亲照管麦子生长，母亲照看着豌豆苗每天的变化。母亲细细地看着像化了烟熏妆的豆苗，心里乐开了花。豌豆苗开花了，像小孩子用眼睛瞪着母亲一样。

端午一过，母亲更频繁地下到豌豆地里了。她在等着收获籽粒饱满的豌豆。

豌豆连着梗被运到了自家禾场。要将一粒粒饱满的豌豆籽从豌豆梗上脱下来，母亲不请那些专门打场的拖拉机。她说，那样会将豌豆弄碎的，不好。她将豌豆梗一根根摆放在禾场，太阳正烈，一个下午的曝晒之后，母亲便开始亲自给豌豆脱粒。她搬来连笳，站在禾场，对着一排排的豌豆梗，用连笳一上一下地拍打不停。用不了一个时辰，母亲完美收工。一粒粒的豌豆，躺在了自家的箩筐里。

又是接连几天的曝晒，先前还含着水分的一粒粒豌豆变得如石子一般坚硬。这几天，要是下雨就更好了。母亲不用慌啊，她坐在门槛边，对着一条条的雨线，慢慢地在箩筐里择出最饱满的豌豆。

这时，母亲做豆瓣酱的工作才真正开始了。

她将择出的最饱满的豌豆，轻轻地倒进木盆。木盆里，盛放着清澈的水。这道工序是浸泡。浸泡是有时辰的，最好是晚上将豌豆入水，经过大约八至十个小时，第二天清晨将豌豆取出。这时的豌豆，像一个个怀孕的妇人，都挺出了大肚子。

这些怀孕的妇人要生产了，生产的地方在热气腾腾的锅中。灶下的火烧个不停，锅中的豌豆也快要煮熟了。母亲拿起一粒豌豆，轻轻一捏，要是不费力气就碎烂，这是最好的火候了。起锅之后的豌豆，被母亲安放在了竹篾做成的簸箕上。母亲用手慢慢地摊平，摊平之后，得为它们盖上被子。被子不是棉被，是母亲从田野里寻来的艾蒿，带着淡淡的清香。这清香，自然会传给豌豆。簸箕要放在没有阳光的地方，最好是空气不流通的位置。母亲大多会将簸箕安放在房子后部的小屋中，那里少有人走动，空气也似乎静止着，没有人去打扰就要酣睡的豌豆。

酣睡着的豌豆，借着慢慢升温的暑热，不到一个星期的时间，它们就穿上了黄茸茸的毛衣。这其实是豌豆发酵了。黄茸茸的毛衣越是厚实，这豆瓣的味道就越醇香。

母亲的脸上绽开了花，笑吟吟地用手捧起黄黄的豆瓣，用清水清洗干净，再将它们慢慢请进瓦罐菜坛中，然后放进食盐，搅拌均匀，再把洗净、晾干、切碎的辣椒连同煮好的香料水一并倒进坛中，再来一次大规模的拌匀。这时，母亲会特别留意不让豆瓣沾上水和油，这是以免生虫或变质。最后，用黄泥密封严实。就这样安静地放置半个月左右，香味便出来了，母亲开心得像孩子一样。她打开坛子，顿时，豆瓣酱的醇香弥漫了整个屋子。

母亲的豆瓣酱大功告成，但母亲还在等待。

她在等待春节的到来。春节之前，她在北方工作的女儿女婿会回来，她在南方打工的儿子儿媳一家也会回来。春节的热闹之后，女儿一家、儿子一家都会回到自己的城市。他们重重的行李里，总是藏着母亲的一坛子豆瓣酱。她的儿女们，没有母亲的豆瓣酱，总是吃不香。那醇香的豆瓣香，已经漫到了他们的生活里，浸到他们的生命中。

母亲笑着，春风吹到了她的脸上。

她又要到田地里，去看雪后的又一茬豌豆苗了。豌豆苗已经开始化起了烟熏妆对着她笑了。

禾场月色

月色如银，缓缓轻泻在我家的禾场上。

禾场的正中央有两条长凳，上面安放着圆形的簸箕。簸箕上堆放着雪白的棉桃，像一座小小的银山。棉桃是白天里父亲母亲从棉田里采回来的，棉桃里绽放着雪白的棉花。我们知道，今晚的任务就是要将棉桃里的棉花一朵一朵地采摘出来。

我和弟弟一个十岁，一个八岁，正是贪玩的年龄，不想做这事。我们想着在月光下和村子里的小伙伴玩捉迷藏，头上戴着柳枝编成的解放军军帽，气宇轩昂地抓坏蛋，那多神气。说不定，能猫到村头的瓜地里去偷瓜吃，也能解馋。

但是，父亲说："我今天来给你们讲故事，讲三国，可以吧？"

我们来了兴趣，抱着暂且听一听试试看的态度，坐到了簸箕边开始剥棉花。

“话说天下大势，分久必合，合久必分……”父亲开始讲故事了，他讲的第一个故事是刘关张桃园三结义，我们记住了那个瞪着大大的眼睛满脸胡须有些吓人的张飞，我们知道这个吓人的张飞成了三弟的原因。父亲讲：“张飞啊，想做大哥，最先爬上了树，心想我爬得最高当然是大哥。那个关羽，也不服输，爬到了树半腰。只有刘备，不慌不忙，站在树下，他吟了一句诗‘万丈高楼平地起’，他自然成了大哥了……”我们哈哈大笑，父亲也笑。

我们不再抱怨，心甘情愿地剥棉花。父亲的三国故事一个接一个，那簸箕上的棉桃也一个接一个地减少。我们不再嫌弃那如小山一般的棉桃了。

就是在那些有月亮的晚上，我们开始想听那些精彩的三国故事。我们放学之后，总是早早地做完作业，等着月亮出来，帮着母亲将长凳和簸箕摆放好，将棉桃倒在簸箕上。然后，我们等着父亲到来，等着他的三国故事开讲。

故事开讲后我们兄弟是极少插话的，我们总是认真地听着。“三英战吕布”“过五关斩六将”“赤壁之战”“七擒孟获”等一个个故事，从父亲的口里慢慢吐出。月光如银，倾泻在我家的禾场上。那白日里也还青绿的杨柳，也染上了银白的颜色。棉花似雪，我们正采摘着一朵一朵轻盈的雪花。墙脚的蛐蛐叫个不停，不知疲倦地在一旁伴奏，唱着丰收的歌。

三国故事讲了好几年，似乎总是讲不完。后来，我读完小学，要到十多里外的初中住校上学了。有月亮的晚上，我总是会想起家中的棉桃，想起父亲的三国故事。一放暑假，我又开心起来，因为，我们又可以开始我们的月色三国故事了。

记得好几次，在故事的间隙，母亲盛来煮熟的花生，让我们吃着歇息一会儿。弟弟一边吃着花生，一边问父亲：“这些故事都是真的吗？”父亲也只是笑，说：“我也是听你们读过古书的爷爷讲的，家里有本《三国演义》，你们也可以看啊。”于是，放学之后，我们兄弟二人就一起翻看那本《三国演义》，还在读小学的我们看不太懂，有不少字也不认识，但是，我们能懂书上的基本情节。有时，我们发现书上的情节和父亲讲的有些出入，我们就和父亲争论不休。这本《三国演义》和父亲月色下的三国故事，让我们的学习快乐了起来，也让我们知晓了一些基本的生活道理。

多年以后，已经成年的我们兄弟，仍会想起那月色下的三国故事，想起那如银的月光，想起如月光一样雪白的棉花，想起我们一家人一起吃着煮花生的场景，想起我们一家人哈哈大笑的样子。

馍香入梦来

我常常在梦里闻到馍的香味，令人馋涎欲滴的香味。那香味将我带回我幸福的童年。

在我的记忆中，童年是基本没有小吃的。偶尔姑姑来时会带来糖，虽然就那么几颗，也得一颗一颗地分时间发给我们三兄弟。我们在街上看见过糖人，那老头儿用糖做成的形形色色的人和动物，好看，好玩，更好吃，但我们兄弟从没有吃过。糖人，成了那时我们咂弄着嘴唇时最强烈的念想。念想过后，并不失望，因为，在我们家里，会传来阵阵馍香。

那时，每到麦收季节，母亲总和父亲商量："多兑换些面粉吧，也能多做顿馍吃哩。"我们听了心里暗暗高兴，学习起来更带劲，帮家里做家务也更卖力了。

等到有一天母亲吩咐我们兄弟去摘几片荷叶时，我们知道今天一定有馍吃了。我们兄弟赶紧朝河边跑，拣那些鲜嫩的荷叶，一会儿就摘了七八片。母亲这时就去村子里曹奶奶家或熊伯伯家借老面。我当时不知道老面是什么意思，现在想起来，大概就是起发酵作用的面团吧。借了老面，母亲开始将面粉和水揉在一块儿，就像我们过家家和稀泥一般，不同的是我们总是嘻嘻哈哈的，母亲却是一脸的神圣，但看到她身边的三个儿子时，偶尔也会露出来幸福的笑容。将老面和新面团合在一块儿后，需要更用力地揉，让老面完全融在整个面团之中。母亲个子小，但我们没想到她也能使出那么大劲。等到用刀切开的面上有蜂窝眼的时候，母亲说声“行了”，我们就一起做馍。馍可大可小。母亲说：“做成长条的还是圆形的，你们随便吧，反正是你们吃。”小弟不过三岁，在旁边像捏泥巴一样，捏些乱七八糟的形状，却总是笑嘻嘻的。

馍做完了，就开始蒸。母亲这时候便不让我们兄弟动手了，说怕烫着。她在锅里放好蒸笼，等到水烧开时，拿过我们摘来的荷叶，包住做好的馍，一一放进蒸笼。然后，盖好蒸笼，就只看着灶膛的火候了。这时候，我们三兄弟只需要等待了，这是一种甜蜜的等待，等待着那蒸笼上冒蒸汽。一冒蒸汽，我们知道馍已经熟了。母亲呢，不慌不忙，熄了灶膛的火，双手揭起蒸笼盖，一阵清香飘出来，馍香、荷香，弥漫了整个屋子。我们兄弟挤上前，母亲总会笑着说：“不慌，不慌，都有，都有。”三弟挤在最前面，母亲就先给他，当然是个最小的。而我和大弟，相差不过两岁，看哪个馍大，就点着哪个馍要，母亲也就一一地递给我们。

我们还在吃着馍，母亲拿出一个碗，装了三个馍，对我们说：“老大，给隔壁曹奶奶送去。老二，你一同把老面还回去。有借有还，再借不难。”老面是在揉面时另外留下的一团面，肯定是要还回去的。“但是，为什么要给人家三个馍啊？我们家也剩不了几个了。”我问母亲。

“傻孩子，这叫你来我往，礼尚往来。上个月你们一人吃的一个馍不是人家曹奶奶送过来的？”母亲一说，我们都笑了起来。

后来，长大了，我们兄弟都有了自己的家。我在大街上吃过各种各样的小吃，大馒头、肉包子、鳝鱼面，但是，总觉得不如母亲的馍好吃。我们兄弟和母亲一块儿吃馍的场景，也永远定格在我的脑海中。

而那馍的香味，已经浸透到我的生命里。

辑四／秀美屐痕处

至若雪雨纷纷，风起云涌，闪进小楼，自成一统。闲看鸟雀筑巢，静观锦鲤争食。任秋千晃荡，凭麒麟吉祥。知风吹蕉叶，听雨写人生。水平富春池，声震当阳桥。眼前满眼绿，身后一身轻。

竹　　韵

竹之韵，白居易谓之“本固、性直、心空、节贞”。古之君子多敬竹崇竹，寓情于竹，引竹自况。阮籍、嵇康等“竹林七贤”为之始，赵孟頫、郑板桥诸贤步其后。其余闻有好竹即远涉造访者，种竹十顷栖居其中者，对竹啸吟终日不休者，不可胜数。

“露华生笋径，苔色拂霜根”，谓境之艰难；“独坐幽篁里，弹琴复长啸”，乃生之浪漫。“新竹高于旧竹枝，全凭老干为扶持”，是一种推陈出新；“昭苏万物春风里，更有笋尖出土忙”，是一种美好憧憬；“千磨万击还坚劲，任尔东西南北风”，乃竹品之精髓；至于竹简中的渊博，垂钓时的惬意，笛声里的悠扬，则谓竹之广博用途也。

《礼记》曰：“其在人也，如竹箭之有筠也。”竹园于此，吾等当习其德：清丽俊逸，虚心有节，不畏霜雪，高拔凌云。唯其如此，方不汗颜为志士仁人也。

新桃源记

小车蛇行，蜿蜒向前，穿行于鄂西青山绿水间，领略腾龙洞之大气磅礴，感受大峡谷之巍峨壮丽。已览胜景入胸，顿觉兴味将尽。忽闻溪水，淙淙入耳。停车驻足，惊问何处？

土人言：小溪村已至矣！

有好事者上网查小溪村之址，无果。知情人曰：“错矣！官方名之二官寨也。小溪者，土人名之者也。村中有小溪，故以之名村。”

村口有风雨桥一座，兼顾侗族与土家之风格。漫步风雨桥，见远山含烟，闻溪声连连。二三游客，倚桥而立，悠闲怡然。桥下土人，借荫而蹲，微笑淡然。风雨桥头，屋舍俨然。吊脚楼群，接二连三。

中有胡家大院，沧桑三百余年，谓之小溪朝门。院门八字展开，气象威严有势。石阶光滑如磨，石槛圆润似玉。朝门雕刻，凤凰木鱼，栩栩如生。挑檐斗拱，各具其形，以承瓦檐。大院原状三进，战乱兵火侵袭，仅存朝门堂屋。进屋见主人，黄发老夫妇，笑脸来相迎。右侧转角，存火铺一间，火塘、壁柜、住房布局完整；门前下方，有水碾一处，遥想当年借水力而榨油情景。屋外妇人进出，正翻晒谷物；房内小儿啼哭，抱手中木碗。游人问答，热情相应。出院久之，目光相送。

导游有声：朝门亦为落脚之门。古村落之形成，与巴蜀古盐道相关。巴蜀盐道，为土家人之经济命脉与文化传播路线，史家以“中国内陆最重要的文化沉积带”名之。盐道一开，开发小溪流域之特色农业，形成小溪流域之农耕文明。

沿溪上行，两岸青山。溪水清澈透底，涓涓而流。但见各色卵石，情态万千，尽收眼底。偶有如针小鱼，拼命窜出，倏忽远逝。溪声清晰悦耳，婉转如乐。山间树木葱郁，百鸟争鸣。时而狗吠声起，似是召唤来人。溪水自然深浅，深不过人高，浅才没人足。蝴蝶蜻蜓，溪边团飞；赤膊男儿，溪中戏水。

随意而歇，有老妇递茶，有少年送果。茶者，自家茶园而采；果者，方才所摘野生梨子。不问来人何意，只管惬意而谈。远山瀑布，顺流而下，如主客话语，言而无尽。也有客屋，桌椅俱全，以待识人伯乐遇之。

然识人者有几？小溪潺潺，苏醒山外游客；古村依依，翘首远道嘉宾。

拙归园记

小城之北，车流如潮，熙熙攘攘，鼎沸焦心。轻轻入巷，倏然而宁。有庄园焉，飘然而立。

前置庭院兮车马息声，小楼西式兮中通走廊。廊内椅凳尚余温，黄发垂髫笑渐浓。石磨石磙随意放，瓦罐瓦缸有心安。风车正诉丰年语，稻穗蒜头连玉米；蒲扇摇来满天星，农耕文化藏心底。

若夫春和景明，天朗气清，三五友人，园中信步。脚下碎石小路，头上蓝天白云。盆景夹道，绿色满眼。一园嘉木枝叶茂，百年古藤发新芽。紫薇红，绣球滚，含笑浓。几枚石榴才咧口，一树金橘正挂枝。闻流水声，近富春池。池有假山，山有悬瀑，瀑飞细流，流引游鱼。池上有桥，桥名当阳。怀当阳之友人，想翼德之雄风。

至若雪雨纷纷，风起云涌，闪进小楼，自成一统。闲看鸟雀筑巢，静观锦鲤争食。任秋千晃荡，凭麒麟吉祥。知风吹蕉叶，听雨写人生。

水平富春池，声震当阳桥。眼前满眼绿，身后一身轻。

不如饮茶，有室曰“品翠隅”。挂字一，“朋友以义合者”，为宋朱文公人生妙语也；木刻一，《五牛图》者，仿唐韩滉动静有致之五牛也。有大根雕，现一长须仙翁；有铜罗汉，托一巨形元宝。茶桌有二，其一为金丝楠木树兜，天然而成。有木香檀熏，如丝袅袅，沁脾入心。案牍劳形，已然顿消。谈笑当为鸿儒，往来定无白丁。

有嘉园于此，欲名“拙朴园”。或曰拙即朴者，意则复矣，不如言直名“拙园”。然又觉过简，不如名之“拙归园”。拙归者，拙之意存，归之态生。同五柳先生“开荒南野际，守拙归园田”之诗意，化范希文“不以物喜，不以己悲”之大观，尊亚圣“穷则独善其身，达则兼济天下”之宏愿，合拙归园主“偏城一隅修心篱，陶然国里剪春秋”之心思。

拙归园主谓谁？商海儒者曾红兵是也。有人嵌其名赠言之：曾经沧海水，红心百万兵。

岁在丁酉孟秋，心我室主人陈振林记。

深圳的海

身处大平原的我们，自小喜欢唱大海的歌，自小就对海有一种神秘的向往。这种向往，如甜蜜糖霜般诱人，如夸父逐日般不能停止，如思念心爱的人般夜不能寐。

终于，能够见到我日思夜想的大海，能够与我亲爱的海来一次肌肤之亲了。

就在我们一行四人的广州之旅即将结束的时候，“我们去深圳看海吧”的声音想起。大家没有商量，更像事先约定好似的，急忙开赴深圳。

中午时分，深圳的朋友把我们带到了大梅沙海滨浴场，边走他边说：“还有小梅沙度假中心，也是能看海的，但那儿收门票不说，我认为没有了一种大众化、平民化游玩的乐趣，也不及这里热闹。”可是，还没等走到海边，老天爷哗啦啦地下起雨来，我们连忙说算了吧，明天再来。朋友笑了笑说："深圳的雨呀，一会儿来，一会儿就走了的。况且，雨后的大海，更加清新，你我曝晒的程度也会减轻了。"

果然，不到二十分钟，雨停了，虽没见着太阳的脸，却也感到了阳光的温度。我们急忙换衣下海，还来不及仔细看看大海，一个海浪就扑了过来，呛得我们满口海水，咸咸的，但大家还是笑个不休。"这就是大海给我们最好的见面礼了。"我说。

一会儿，海边的人逐渐多了起来。记得临出广州时有朋友说："深圳海边的靓女多哩，不把你们的脖子看得扭伤了才怪。"想起这话，我们几个男同胞的眼睛搜索起来，可居然找不到养眼的女孩儿。在海边又前后转了大半圈，年纪最小的阿静说看到了一个靓女，大伙儿用眼睛扫去，都觉得平常。不过倒看到了两个外国女孩儿，也算增加了我们的一点儿新奇感。深圳的朋友说："你们的要求是不是高了些呀。再说时间也还早，等到傍晚时一定会多的。"我们笑了，嬉笑着向大海深处游去，比赛看谁游得快。当然，是不敢游出浴场的保护圈的。

站在海边，我们又开始冲浪——当大海一浪又一浪地送过来时，你会怎样迎击呢？我们先是躲，但怎么躲得过海浪的速度呢？我们又呛了几口咸水。我们只能迎浪而上了，嘿，这样倒好多了，即使再大的浪，当我们迎面而上时，也会乖乖地从身边一擦而过，我们得到了搏击海浪的愉悦感和成功感。我想，这不是和人生一样吗？我们的生活就像大海一样宽广无边，不时有海浪般的困难打向我们，我们是躲还是迎难而上呢？只有挺身而上，我们才是真正的弄潮儿，是我们自己生活的胜利者。

我们惬意地感受着深圳的海，或搏浪，或仰泳，或漫游。我将自己融入到了亲爱的大海之中。

忽然有人说肚子饿了，一看时间，竟然已是下午三点。我的肚子也开始叫唤了。于是，我们恋恋不舍地上岸。冲凉时背部隐约有点儿痛呢，大家相互交流着感受，心想或许明天会好一点儿吧。第二天，我背部越来越疼。第三天，疼痛减轻了，却出现了一层死皮——原来背部皮肤经过海水浸泡、阳光炙烤，不知不觉地褪掉了一层皮。

可是，当初在海水中游玩时是多么舒畅。这深圳的海呀，可就像在商海浪潮中拼搏的深圳人一样呢？我想。

我没有见过大连的海，听说大连的海是平静的；我也没有见过海南的海，听说海南的海是灵动的，但我能真正感受深圳的海的温情与桀骜，便此生足矣。

游白帝城

船随着翻滚的江水顺流而下，迎着初升的太阳，穿过瞿塘峡的门，白帝城隐隐可见。“峰与天相接”，缕缕烟雾，朵朵云彩，或青或白，成团如带，萦绕着白帝城，这不由得使人想起李白的诗《早发白帝城》：朝辞白帝彩云间，千里江陵一日还。两岸猿声啼不住，轻舟已过万重山。

白帝城，位于瞿塘峡口的北岸，三面环水，地势险要，是历代兵家必争之地，驰名中外。“白帝城”名称的由来，与公元25年前后当时据蜀称王的公孙述有关。传说城内有一口井，叫白帝井，常有白气腾空，形似飞龙，公孙述认为“白帝献瑞”，遂称“白帝”，故此命名“白帝城”。

上了岸，我们先来到杜甫西阁，那一幅大砖型瓷砖“杜甫吟啸图”，真是惟妙惟肖：杜甫微皱眉头，手握笔纸，悠闲自在，一首诗仿佛“妙手偶得之”。

拾级而上，踏着用诸葛亮当年八阵图上的沙石垒成的“之”字形石阶，我们终于到达了白帝庙门前。放眼望去，时而有“舟从地窟行”，时而又“孤帆远影碧空尽，惟见长江天际流”，另有一番情趣。

不敢过多地留恋长江此时的美景，我们赶快进入白帝庙。“是托孤堂！”我惊喜起来，小时候爷爷给我讲“白帝托孤”的故事，这次终于能看到托孤时的景象。这组塑像群共十九人，各具形态。诸葛亮这蜀国丞相，似乎并没有显出悲伤的神色，虽然“受任于败军之际，奉命于危难这间”，但还是满怀信心。“五虎将”之一的常山赵子龙手握剑柄，怒视尚书李严，仿佛已觉察李严在刘备死后反叛的动机。刘理、刘永两个皇子跪在地上，俯首聆听刘备的遗诏：“尔等以父事丞相，不得怠慢。”我看着这满脸病容的刘备，不由得想起当年的历史背景：关羽大意失荆州，刘备报仇心切，打乱了诸葛亮“联吴抗魏”的策略，被东吴陆逊利用三峡天险火烧连营七百里，败走白帝城，忧急成疾，从成都召回诸葛亮，把年幼的儿子托付给了他……

到了明良殿，中堂是刘备、诸葛亮、关羽和张飞的塑像。刘关张三人桃园结义，“不求同年同月同日生，但求同年同月同日死”。刘备三顾茅庐，请出诸葛亮，诸葛亮辅佐刘备二十七年，刘备“举国托孤于诸葛亮，而心神无二，诚君臣之至公，古今之盛轨也”。这真是“三顾频烦天下计，一番晤对古今情”啊！两厢为古画陈列室，有蜀国文武大将画像，还有富有特色的“煮酒论英雄”“三英战吕布”等名画。

我们来到纪念诸葛亮的武侯祠，诸葛亮上首安详而坐。这位羽扇纶巾的老先生，似乎还想着“空城计”。下首是他的儿孙诸葛尚、诸葛瞻。一家三代，为蜀国尽心尽力，鞠躬尽瘁，死而后已，真令人敬仰！

怀着崇敬的心情，我们又看了东西碑林，后又在诸葛亮观星亭小憩。

面对这山川秀丽的白帝城，那公孙述称王、刘备复汉惨败而托孤的一幕情景又闪现脑际。我想，他们当年称霸一方已成为陈迹，而现在，白帝城不就是一座“警钟”吗？它警示人们：要国家富强，就要建设融洽的民族关系，维护全国人民的团结！

哦！让我们记住白帝城！

烟雨凤凰游

凤凰古城在我的心中，一直就是那翱翔九天的凤凰。那凤凰，总是飞入我的梦中。

沈从文先生的《边城》为我们描摹出了凤凰的模样，我想要前往拜谒我梦中的凤凰。

盛夏将至，工作之余，我与好友杰电话联系，敲定了我们一行六人前往凤凰古城的出行计划。第二天，一场说走就走的旅行开始了。

杰的驾驶技术是教练级的高手，原想会走一段山路显显本领，谁知全程高速公路，六小时之后，我们的小车顺利到达凤凰县域。刚下高速，就有凤凰美女上前搭讪，我们知道这是联系旅游的导游。跟着她走，我们觉得也还划算，讲好价格，同意了她提出的游玩方案。

我们入住沱江边的一家小旅馆，环境不算太差。因为凤凰这儿接连下了一个多月的雨，总感觉有些潮湿。当然，这并不影响我们的心情。

陪着我们的导游姓黄，三十来岁的女子，一说话就笑，汉族人，但有着当地人的淳朴。当晚，我们选了一家沱江鱼王小馆，端上的第一道菜就是凤凰名菜血粑鸭，接着是沱江的小鱼小虾，还有山上采摘的野菜。我和杰点了当地的米酒，畅饮起来。

吃过晚饭，在黄导的带领下，冒着小雨，我们走进了夜晚的凤凰小城。走过一个又一个盛满了琳琅满目特产的商铺，走近民国时期国务总理熊希龄故居，走到文学大师沈从文先生故居。这两座房子离得很近，都是当年的样式，周围环境幽静安谧，建筑古老质朴。熊希龄故居正室的木门两边，有一幅笔力雄健、字迹清晰的对联：一生赤诚爱国盼中华振兴，半世慈善办学为民族育才。这副对联写出了熊希龄忧国忧民的伟大抱负，同时也写出了他披肝沥胆倾注心血办慈善事业、为中华民族培养栋梁之材的伟大功绩。

我们以一颗虔诚的心拜谒两位尊者。他们，一政一文，根在凤凰，名满天下。

凤凰养育了沈从文，沈从文也反哺着凤凰。他在文章里描写湘西，勾勒湘西，让越来越多的人了解并向往湘西。来到湘西的人们，都会以自己的方式去悼念沈从文，去品读沈从文。但有些遗憾，因为是晚上，我们没能去沈从文先生的墓地。墓碑的内容，我是知道的。碑石正面，集其手迹，其文曰：“照我思索，能理解我；照我思索，可认识人。”背面，为沈从文妻妹张充和撰联并书，联曰：“不折不从，星斗其文；亦慈亦让，赤子其人。”短短的文字，写出了先生的风骨。

凤凰古城是属于下雨天的。人说烟雨凤凰，下点儿小雨应该是最好的了。山色、水光、古城，氤氲着，朦胧着。走在小城，就是走在了画中，你就是画中的主角。要是到了凤凰，你没能够淋上点儿小雨，那是没有纪念意义的。

凤凰古城是属于夜晚的。在夜晚，凤凰小城的本性就充分体现出来了，她的热情奔放，吸引着来自四方的游客。酒吧里震天响的声乐，啤酒杯碰撞发出的清脆，五彩的霓虹映在沱江上的影子，这些都在告诉你，这里正热闹，这里永远没有打烊的时段。

凤凰古城是属于慢慢走着的人的。慢慢地走着，你就会有一种别样的味道。“如果你在，该有多好”，这是一种永远的美好与怀念。也许就只是一个人，你走在沈从文故居，你路过熊希龄故居，只是看看，只是拍下一张照片，就成了又一个边城的故事情节了。就是那些酒吧的名字：逃往乌托邦、凤凰传奇、水木年华，也让你我长久驻足。要是在清晨，小城的人们正在酣睡，你用足音，走进凤凰的梦乡，那是一种陶渊明式的诗意与长久。其实啊，无论繁华与寂静，牵着你的手，就是整个世界。

凤凰古城是座年轻的小城。因为有了翠翠，这座小城年轻起来，多情起来。走在青石板铺成的小路，你就成了一道风景。那些情侣们，轻轻依偎着，说着他们自己的情话。这座艳遇小城，用前世的回眸换来今生的相拥，每天都上演着精彩的故事。

现在凤凰古城有了些商业化的味道。商铺太多，是不是稀释了她本真的味道了呢?

第二天一早，我们在沱江边吃过早餐，然后随着黄导去了苗王寨，苗家主人用歌声和舞蹈欢迎我们的到来。他们表演着苗家大鼓舞蹈，表演着苗家吞火节目。虽然也下着雨，但是游人依然很多。走过长长的一段山路，我们来到了传说中的土匪洞。洞与洞相连，能容下几千人。踏着窄小的山梯，我们到了山上，去到另外一处苗寨。到处都有纪念小商品售卖，价格也不高，时不时就会有人买上一件。售卖小商品的大多是老人或小孩子，购买的人算是一种变相的施舍吧。行走的山路边，偶尔就会响起苗家歌声，那是小孩子们在唱歌，向游人们讨要一元一元的零用钱。也有击鼓过路或烧香出钱的事，但大多不强求，算是对游人的尊重了。

下山吃午餐时，已经是下午三点多了。回到旅馆休息了片刻，我们又走进古城去感受她的风情。晚七点半，导游带着我们去看了“梦幻沱江”两场表演。两场表演都以苗家自然风情为主，穿插着相关艺术品的现卖节目。外场带有野性，内场偏重感性，相得益彰。节目算不上精彩，但我们能感受到苗家人的性情。

看完节目，我们又走进了古城，在最大的烧烤城里，我们吃到了各式各样的风味。不时有卖花的小姑娘来，也有拿着吉他唱歌的人。有心情的人，当然会买上一束花，当然会点上一支歌了。但是，啤酒的味道，似乎天下总是一样的。

第三天上午，我们就要离开凤凰了。一大清早，我们就漫步沱江边。沱江边已经有了不少的人。有外地的游人，也有在河边埠头用棒子捶打清洗着衣服的苗家奶奶，那种“嘭、嘭”的捶衣声，是我小时候在河边听到最温暖的声音。

那些游人们，悠闲地走着。走在凤凰古城的青石板，你是否像翠翠一样，在等着她的意中人的到来呢？或许，是为了一场新的邂逅呢？

因为你会来，所以我等。

古朴赖桥休闲行

正是夏日，有文友岳成相邀，说去赖桥古村看看。去赖桥古村，这是我近来最急切的想法了。叫上文涛、雁、艺，我们开始了一次说走就走的文学休闲之旅。

文涛开车，我们四人一路说笑，由世界文学名著说到中国作家，到我们的本土作品，没有溢美之词，亦无攻击之语。到柘木街，接上了岳成，我们前往赖桥村。

赖桥村的村级公路，修整得平坦光洁，两旁有草蔓向路中探出脑袋尖，像是欢迎着远方的客人。路上的车并不多，有三三两两的人走过，走向他们的田地，悠闲得很。我们走过一条河，等到大片大片的绿色呈现在眼前时，我们知道赖桥村到了。

这里有一条河，名字叫作柘木河，缓缓地在村子周边流淌着，似乎诉说着赖桥千年的故事。河的两岸全是树木。我这才想起“柘木”这个意蕴丰富的绿色名词。“柘木”又名柘桑、文章树，有化瘀止血、清肝明目的功效，价格极为昂贵，数量极为稀少，生长缓慢，不易成材。《诗经》之《皇矣》篇中有“启之辟之，其柽其椐，攘之剔之，其檿其柘”的句子，这里提到的就是“柘”了。柘木乡地处洞庭湖、洪湖和长江三角洲的古云梦泽腹地，“柘木”正是因为古时候这里盛产柘木而得名的。

“到赖桥得见见赖晓平。”岳成说。

赖晓平是赖桥村的村医。虽然医生是他的职业，但是，很早我们就听说，他是一个地地道道的环保主义者，一个文物收藏家。见了面，我们就像多年的老朋友一样，细细攀谈起来。他高高的颧骨，浓浓的眉眼，似乎收藏着这里的故事。

那棵著名的千年重阳古木就立在他家门前。古木参天，在这里成了真实的描写了。绿荫如盖，这“盖”胜过了帝王的车盖了。树围得三人合抱，树干上长满青苔，偶有蜥蜴从青苔上爬过，它们是要回到树洞中的家。树干上已放置了“国家一级保护古木”的保护牌，这保护牌也许是它的护身符。阳光很是强烈，但是在千年重阳古木下，感觉到的是大把大把的清凉。

我们拍照，我们惊叹。赖晓平说：“重阳木是属于雌雄一族的，这是雌性的，雄性的在那边。”我们又到河的对岸，看到了另一棵雄性的重阳木。“像这样树龄近千年的重阳树就这一对，树龄比这小一点儿的还很多。重阳木雌雄偶生，像一对情侣。在我们这个地方，重阳树都这么长。这就是重阳树的一大特色。你看这对树就像一对情侣在拥抱。”赖晓平又说。

站在柘木河边，好奇的艺和雁不停地问着一些植株的名，岳成和赖晓平不停地回答着。

河两岸，郁郁葱葱地生长着的就是柘木。岳成指着两棵柘木说：“柘也是雌雄一族的。它不光木材坚硬，它的树皮还是染布的染料，树叶还是养天蚕的原料。这树的树龄最少有五百年了。柘木有刺。柘刺长到大拇指一般粗细，就用了二三十年的时间，要是一根柘木树长大成材，那得需要几辈人的关爱才行。”看来，这两棵五百年的柘木确实值得人们去珍惜。树下，有人上了香，这是人对自然的一种敬仰。

我们又看到了牛筋树。牛筋树是很稀有的树种，一棵细细的牛筋树，居然也长了五十多年。我们也看到了大榔榆，榔榆以前是做榔头用的；还有乌臼，因为乌鸦喜欢吃它的籽，所以叫乌臼。赖晓平又指了指前边不远的一棵树说：“看到前面一棵树没有？那就是一棵最古老的棠梨树。这是我们江汉平原的原始生态树。这树的寿命很长，大约有千年的历史了。我记得《诗经》里有一句专门记载棠梨的。”说着，他情不自禁地吟诵起来，“棠棣之华，鄂不韡韡，凡今之人，莫如兄弟……”

我们谈起这些古树的保护问题，赖晓平的话更多了：“柘木河边这些古树的生存环境确实很恶劣。我们乡早期的时候为追求经济效益，提了‘砍掉弯子林，栽上摇钱树’的口号。当时我跟乡政府写了一个报告，要保护我们这个地方的原始生态，给子孙后代留下一个原始生态的标本园。乡政府比较重视，就以赖桥村为中心，周边让了一点儿步，有些树得到了保护。几百年才长成的这么古老的树，砍掉了不是可惜了吗？”

沿着柘木古河的两岸，我们仿佛看到一个充满天伦之乐的生态家庭。这一对千年偕老的重阳古木，算得上这里的树公树婆了，如今已是子孙满堂了。看着那连根交枝的夫妻树，那相依相偎的情侣树，我们感喟万分。我们为这里独有的自然生态灵性而庆幸，为这千年的重阳古木树的神秘而自豪。

站在重阳古木下，岳成在联系“啰啰咚”的传承人赖桥村村民王斯彬。“啰啰咚”是江汉平原农民唱了两千多年的劳动号子，它始终一成不变地带着浓郁的荆楚水土风味，为一代一代的水乡农民带来了欢乐，减轻了疲劳，充实了生活，让劳动者在劳动中找到了劳动的乐趣。赖桥村是“啰啰咚”的主要传承地，千百年来，这悠扬的田歌，总会在田野里回响。而今，“啰啰咚”已经成为第一批湖北省省级非物质文化遗产，其曲调高亢悠扬，旋律舒展自由，具有“无伴奏自然和声”的特点。曾经，国内外不少音乐人多次来到赖桥村现场采风。可惜的是，传承人王斯彬外出有事不在家，“啰啰咚”只能成为我们的梦想神曲了。

我们接着参观了赖晓平的民间博物馆。赖晓平先生是著名的民间收藏家，他从事民间收藏工作近四十年，在自家中建立了一个小型的民俗博物馆。他的民间博物馆设在自家二楼。我们换了拖鞋上楼，一屋的古朴之气扑面而来。他收藏的实物和书籍近千件，均是具有监利民间文化特色的珍品，有旧石器时代的石器、宋代的陶瓷，有清代的进士考卷、民国契约、货币、家具、书籍等，种类丰富。我们最感兴趣的是他收藏的清代进士罗芝芳先生的考卷。泛黄的纸张，黑亮的墨香，厚重的文字，漂亮的书写，圈点的美观，让我们透视曾经的读书人生活，感受属于读书人的苦乐。

坐在赖晓平收藏的民国家具上，接过先生递给我的著作《楚水流韵》，我们欣然合影留念。

虽然没能听到原生态的“啰啰咚”，但我们见到了赖桥村农民书法家赖金辉。他黑黑的脸庞，似乎刚从田地里走出来。他的书法作品，曾获得南京书协纪念孙过庭诞辰1365周年全国书画大赛一等奖。我们参观他的书法练习室，他热情地拿出了自己的作品，精心挑选着，一一送与我们。我得到一张写着“龙飞凤舞”四个大字的扇形作品，连连对他说

“谢谢”。

我们又向前走，来到乡土作家陈安明老先生家。陈老先生正在编辑《白螺诗笺》，这是他们自发组织的诗社编印的作品集。到了午饭时间，老先生留下我们用餐。不一会儿，菜上了桌，全部是纯天然食品。屋后河里的鱼虾，菜园里现摘的豆荚，池塘里抽出的藕尖，家里刚宰杀的土鸡，满满的一桌子。陈安明老先生不时地吟哦着自己正完成的诗文，我们小声地和着。先生家中的老妻笑着责怪说：“总是写什么诗什么文，又没有赚得什么钱，还倒贴了钱去印刷……”先生笑，我们也笑。

喝了点儿酒，我们一行人又来到长江边，这是湖北的最南端。爱美的雁和艺两人照样不停地问着江边小花小草的名字，博学的陈老先生似乎什么都懂，他拉过一株植物，说：“这是菟丝子，就是《诗经》中说‘爰采唐矣？沫之乡矣。云谁之思？美孟姜矣’中的‘唐’，这几句就是说，到哪里去采菟丝子呀？就在牧野的沫乡。思念之人又是谁呀？是美丽的姜家姑娘。”不远处的长江边有一云溪古庙，院内却不伦不类地立着贺龙元帅的雕像。其实，这里就是当年贺老总闹革命借枪的地方。我们进到空无一人的庙里，对着庙堂上的神仙恭敬地拜了三拜。陈老先生说：“这里供奉的最大的神仙是柳毅，那个面颊有些黑的就是。”我们到过湖南的君山，那儿有柳毅井。想来，柳毅传书的事就从这里开始吧。庙门前有口钟，我们有一声没一声地撞击着。庙门上有对联，我们用心读着。陈安明先生说：“这算不上对联哩，我曾经替这云溪庙拟写过一副，但他们没有用上。对联是这样的：云霞片缕悬日月，溪水一壶煮乾坤。”我听了，连连叫好，这是嵌名联，且对仗工整，有气势。我想了想，又说：“将下联换成‘溪水半壶煮乾坤’是不是更好啊？”

路过陈安明先生家，先生就要下车了，他对我说：“小兄弟，你改得好啊，溪水半壶煮乾坤，更有意味，你是我的一字师呢。”老先生定是在心中琢磨“一”和“半”的韵味了，陈老先生才真是我们写作诗文的老师呢。

车上，农民书法家赖金辉的话多了起来。已经五十出头的他讲述了外出的经历，讲到他在工地打工时，教工友们唱歌的情景，他情不自禁地唱了起来：“泥巴裹满裤腿，汗水湿透衣背，我不知道你是谁，我却知道你为了谁。为了谁？为了秋的收获，为了春回大雁归……”歌声，一直飞到了他的家门口。

他和岳成下车了，但他的歌声似乎还在车上。我在想着，这真是“万籁有声”哩。赖桥村的名字，写作“籁桥”应该更好。那乡音是带有湘方言音调的，是来自天籁最本真的原生态声音。我听说柘木赖桥也有地方歌谣，除了著名的“啰啰咚”，还有古老的乡土情歌，当地人将其称之为花歌，主要吟唱男女爱情，有一首《十月望郎》这样唱：

> 正月那个里来哟！望我的郎回来耶！是新年，我的郎出门去，望了个大半年，妹要等到哪一天，情郎我的哥哥哟！等到的哪一天，站在奴面前啦……

不知什么时候，我们能听到那原汁原味的乡土情歌啊！

桃花未开正看时

正是三月，草长莺飞柳绿花繁的时节，接连十多天的阴雨也散去了。惠风和畅，天朗气清。

友人建来电话说："看桃花去！"

如此良时，我正想寻个去处，这下正合吾意。挂了手机，我叫上正在忙碌的妻，欣然同往。

我们的目的地是邻市的桃花山，身边的不少朋友，每年都会去那儿看一看那些看了还想看的桃花。但我一次也没有去过。车程并不远，还在车上的我就开始想象那美丽的桃花。那肯定是一幅天下最美的桃花图：漫山遍野的桃花，或粉红或洁白，应该有"满树和娇烂漫红，万枝丹彩灼春融"的热闹；络绎不绝的游客，应该也是满脸粉红或全身洁白；当然还有那桃花山的人们，"阡陌交通，鸡犬相闻……黄发垂髫，并怡然自乐"，应该是陶渊明笔下的世外桃源景象了。

司机对路不熟，一路问去，路边总有人相答："不远了，就要到了。"看着他们一张张朴素的脸，我们觉得，真是到了桃花源了。果然到了，我们又问："从哪里进山啊？"照样是一个桃花一样的声音："到处都可以进山的。"

我们先来到仙人洞入口，身边三三两两的游客，也准备登山。远远望去，桃花没有想象中的粉红或洁白，只有或青或绿的一大块。"应该是隔得远吧。"建的妻子说。我们满心都是桃花，努力地向山上爬。路是逼仄的小路，偶尔有几块石板铺着，如果不小心，还会滚下山去。我们一步步地向上爬，同来的孩子们就不同了，他们快乐地一路向上小跑着。她们说爬到仙人洞就会有鲜艳的桃花了。山路两旁，分明有一棵又一棵的桃树，可是分明没有一朵桃花。我和妻细细地看着那一棵又一棵桃树。

"这桃花为什么还不开呢？"妻说。

"想看桃花啊，来早了。"一同登山的中年游客说，"今年的春天来得迟，桃花当然开得迟了。"

我们一同来的人就叹气了："要是迟几天来就好了，那我们可以看见满山的桃花了。"

"未开的桃花也能看啊。"中年游客说，"你们看看，这含苞的桃花，细细枝条上突起的一颗小精灵，正孕育着一个美丽的生命哩。这座山，整座山都孕育着无数个生命哩。还有，这空气，多新鲜；这树木，多青翠。我就是来看看这未开的桃花的。"听了这话，我想起袁枚先生说"残红尚有三千树，不及初开一朵鲜"，这也是同样的道理吧。

我们细细地看那桃枝，青黑，细长，枝条上生长着无数个小突起，不，那是无数个小生命。我轻轻地抚着桃枝，凑近，轻轻地闻闻，满鼻的芬芳。

我们继续向上爬着，这青翠的芬芳越来越浓，我们的脚步也越来越快。到了“仙人洞”，早到的孩子们向我诉苦：“你看看，一朵桃花也没有，我们白爬了啊。”我对孩子们笑着说：“过几天我们再来，那桃花不就开了吗？”孩子们就又高兴起来。

仙人洞里供着两尊菩萨，我们虔诚地拜了拜，然后小心地下山了。

山下有新建的农庄，朴素的山民朴素地在家中做点儿小生意。我们点菜，土鸡、山笋、野芹、香菇……全是正宗的土菜。山民在他自家的厨房里开始忙起来，我们在他家自由地看看电视，玩玩扑克，倒真有一种家的味道了。

路过桃花山革命烈士陵园，我们怀着崇敬的心情瞻仰了一会儿。

“快看，桃花！”一个小孩儿的声音喊。果然，不远的“红色大本营”前，有两株正在开放的桃花，鲜艳夺目。我们的脚步就加快了。待走近，我们哈哈大笑起来。原来，那是两株塑料桃花。看来，是我们满心的希望与想象，欺骗了我们自己啊。

桃花旁有贺龙元帅和他的战马的雕像，喜欢拍照的孩子们又开始忙个不停了。

让我们惊奇的是山上的竹子。竹子一根连着一根，有时三五根抱成团，匍匐而前。我们继续向山上走，可是，哪里走得到尽头哟。这是一片竹海！满眼都是竹子，竹节、竹叶，还有竹根，满眼都是绿色，但一点儿也不刺眼。我们的心情也成了绿色，翡翠一般。在这样的竹海里，拍下的每一张照片都是最美丽的。

我们依依不舍地下山，正准备往回赶。一旁的山民说：“还有龙泉寺没有看哩。”我们又驱车前往。龙泉寺在山脚下，虽然历经战火，却仍然保存完整。寺的规模不算大，不像云南的大寺庙有着恢宏的气势，也不像我们老家的祖师庙终日香火不绝，但这里的龙泉寺就是那么古朴地安静地卧在桃花山脚下，毫不张扬，也没有喧闹。早听人说，龙泉寺的住持道行很深。有人提议去拜会住持。寺庙里有位居士告诉我们说住持此时不在。我就摆了摆手，说："不用了。"寺里一尊尊佛像、一副副对联告诉我们，这座龙泉寺本身就是一位智者，是一位得道的高僧啊。

回家的车上，我们逗同来的孩子们："你们今天看到桃花了吧？"

"没有没有，我们下次来就看到盛开的桃花了。"还只有六岁的小小说。

"看到了桃花啊，我们看到了未开的桃花。"妻说。

是的啊，我们看到了未开的桃花，我们也会看到盛开的桃花。孔子所倡"冠者五六人，童子六七人，浴乎沂，风乎舞雩，咏而归"之快乐不正如此？真正的桃花开与不开，那是你心中的花事。有时候，一株鲜艳的桃花，会在心中经久不息地绽放哩。

武大樱花寻不见

清明时节，我从杭州看西湖归来，落脚武汉，正等着商务车送我回家。这期间有两个小时的空闲，我忽然想起年年春日惦念的武汉大学校园内的樱花。

武大樱花俨然是武大、甚至是武汉市的一张名片。有旅游公司说：赏花何必去日本，三月樱花唯武大。

阳春三月来武大赏樱成为我心中挥之不去的念想。

阳春三月的武大一片灿烂。那些花，或粉成一团，或白成一片。白的呢，洁白如雪，晶莹剔透；粉的呢，粉红似佳人，顾盼百媚生。那里人头攒动，上演着春天里的热闹。粉色的花雨，如雪的花瓣，似乎我已行走其间。

这下正好，我可以去寻访一下名闻天下的武大樱花了。

雨后的校园，静谧如画。武大校门前标志性的牌坊，迷倒了向往武大的众多学子。这里正有人在拍照留念。我也掏出手机自拍，但效果不佳，见有学生经过，忙叫住了一名女生。女生很大方，选好角度为我拍下了两张照片。

走进校门，满眼的青绿，我迷惑了。说好了的，武大的樱花呢，那灿烂的色彩呢？

有男生背着书包从我身旁匆匆而过，我凑过去，急切地问：“同学，请问武大的樱花在哪儿啊？”

男生有些腼腆，小声地说：“樱花……谢了啊。”说完，他看了我一眼，似乎觉得有些对不住前来看花的我。

校园里除了学生，还有一些行人，大多是来看樱花的，也有拉住学生问“樱花什么时候谢的”“樱花在哪儿啊”的行人，他们比我还要心急。我也照样不死心，有些怀疑樱花是不是真的凋谢了。我又走近了一名女生，问道：“请问，武大的樱花呢？”女生莞尔：“早些来你就能看到樱花了啊，下了几天的雨，还能不谢吗？”

我知道我来迟了，我和樱花美人的约会，我迟到了。

继续向校园深处走，高高低低的树木，无不焕发出青春的气息。那青青的叶子上，还有晶莹的水滴，不时地闪着你的眼睛。一片青绿的角落里，矗立着刚刚维修完毕的楼宇。有学生告诉我说：“这是武汉大学图书馆，也值得一看。”我笑了笑，走近了图书馆。图书馆里不时有学生进出，但没有一丝声响。我似乎已经闻到那里的墨香。图书馆的前边，有着大片大片的长藤，青青的藤叶上开着黄黄的小花。小花落了一地，但仍有一些倔强地立在枝头。

有樱花！小小的树枝上，还残留着零星的几朵。那数得清的几朵，色泽暗了些，但仍有精神，似乎招呼着我这个远道而来的客人。树下，有一小堆一小堆的花瓣——经历过雨水，她们已经残破了。有暗香袭来，大约是那些花散发出来的。

我看着眼前的花，想起《红楼梦》中黛玉的句子：花谢花飞飞满天，红消香断有谁怜。但我似乎一点儿也没有悲伤。黛玉有黛玉的悲苦，武大樱花自有其筋骨。

我曾了解过武大樱花的历史。当年的乱世樱花，如今竟成胜景。

1938年，南京沦陷，武汉告急，武汉大学被迫整体西迁四川乐山办学。当时的珞珈山校园被侵华日军征用，一度作为日军的中原司令部和伤兵医院。1939年，侵华日军从日本本土引来樱花树苗若干在老斋舍前栽植，借以宽慰在此地休养的大批日本伤兵的思乡之情。据记载，1947年，武汉大学樱花树总共有二十八株。这是武大樱花之缘起。由于樱花树的生命周期并不长，这批带有“国耻”印记的樱花树于20世纪50年开始相继死绝，但在武大人心中这段屈辱的历史记忆并没有随之湮灭。

1972年中日邦交正常化，日本首相田中角荣访华，向周恩来总理赠送一千株大山樱。由于周恩来曾在武汉大学居住过，中央有关部门便将其中五十株转赠给武汉大学，栽植于半山庐前。此外，在纪念中日友好十周年、二十周年之际，日本相关民间组织两度向武汉大学赠送相当数量的樱花树苗。

20世纪80年代，武汉大学成立绿化委员会，对校园内的樱花树种植进行了重新规划和布局，将樱花观景带逐步扩大。时至今日，武大校园内已有供观赏的樱花树千余株。

我继续走向武大校园深处，我用我的眼，捕捉着武大校园的春色。那满眼的绿，那穿梭的学子，那傲然的图书馆，那脚边的一株小草，成了我心中的一道又一道的风景。

在武大校训石碑前，我自拍一张照片。石碑上刻着八个字：自强，弘毅，求是，拓新。

出校门时，在一块石碑前，我用手机拍下了《珞珈赋》，其中有文：“芬芳馥郁兮最美校园，今夕何夕兮最美时光！呜呼！有山美如斯，有水秀如斯，更兼有人风流如斯，珞珈无仙亦名耳！居中乐乐，快不可言，欣然命笔，为赋珞珈是也！”

武大中文系“五老八中”之一的李格非教授曾有诗言：“唯我樱花多丰韵，总领春光数十年。”这总领春光数十年的武大樱花，我今年是看不到了。

有朋友电话打给我：“你在武大看到樱花了吗？”

“看到了啊，武大的樱花已进入我的心中呢。”我说。

长江采风半日行

文友勇兄说：“作协召开何老先生作品集首发式，你来参加吧。”

我当然乐意参加文学活动了，更何况，勇兄也说了，在长江上有半日采风呢。

早上八时，我们在长江边的一处小卖店集合，众文友到齐，长江监利航道管理处的领导热情地将我们迎上了船。这艘长江监利航道管理处的专用船，大多是用作指挥的。船有三层，我们由第一层进入到第二层，管理处的同志说：“上第三层吧，在驾驶室里看得远，那才是真正的采风呢。”我们便上到第三层。

时值盛夏，天有些热。进到船中，打开空调，顿觉舒畅。不想，船一开动，迎面清风，更觉得清新。于是，关了空调，任江风吹进船舱，我们尽情享受凉爽。文友相遇，少不了交谈近作，也说说当今文坛，时不时从中传出一两句笑话，船舱内外充满了快活的空气。

我们的航程先是顺流而下，抵达东方之星客轮的沉船地点，探访东方之星客轮。长江上，碧波荡漾，并无巨浪。船只行过，浪花飞溅。其实，自从三峡大坝修建之后，监利段没再发过大洪水。长江常有的状态是风平浪静，它就像一条温驯的巨龙躺在监利这座小城的身边。船的左边是岸，岸上有成排的绿树、青翠的庄稼、坚硬的护堤。船的右边是洲子，名字叫作乌龟洲，大约其形状像只大大的乌龟吧。乌龟洲上是一望无垠的芦苇，风吹过，飒飒作响。

提到乌龟洲，文友田兄有话说了。他说："这乌龟洲啊，看起来不起眼，其实是一个聚宝盆哩。洲子上全是芦苇，芦苇值钱，清嫩时能食其芽，老熟了能作为造纸的最好原料，不少造纸厂用的都是监利的芦苇。由此，监利曾经专门设立了芦苇站这一机构，其他县市没有的。既然是聚宝盆，抢的人就多，我们湖北监利和对岸的湖南华容争斗了二十多年，也没有结果。据说，现在是划江心而治，一县一半。在监利，这芦苇也真是个钱袋子，好多单位也抢。最后，县财政局收管，算是县财政收入了。"

想不到，这个看似荒芜的乌龟洲居然还有这么多的故事。听文友讲，曾有人坐船到洲心去，抓到了野鸡，逮到过野兔，成为上好的下酒菜呢。这么一说，我们心生羡慕，想着上去看看呢。航道管理处的叶主任笑着说："不行呢，东方之星翻沉之后，为了抓取好镜头，好多的外国记者就在那洲子上生活，怕是赶跑了野鸡野兔了。"

有文友在船上拍照留影，很是惬意的样子。

约一小时后，正驾驶着船的船长叫道："东方之星客轮就快到了啊。"果然，不远处，东方之星客轮出现了。一艘打捞船仍然坚守着岗位，固定着客轮。众人都拿出了相机，对着东方之星一顿猛拍。慢慢地，我们的船转向，渐渐靠近东方之星客轮。只隔着几米的距离，我们看得更清楚了。客轮内杂物已经全部清除干净，轮船的物件照原样摆放着。紧挨着的一艘船上，有人员来来往往地走动着。

我们的船慢慢驶离，我们的心情似乎沉重了一些。船长向我们讲述一些船只行驶的基本规则，算是打破了沉闷的气氛。长江上，每隔一段距离就会有航标船出现，据说，这全部是太阳能的，一处航标价值好几千元钱呢。

我们的船只前往湖南华容塔市驿，我们在那儿吃午餐。午餐之后，我们登上长江监利航道管理处办公船。先是参观船只，然后在三楼会议室举行何老先生作品集首发式。何老先生七十六岁了，仍然笔耕不辍，值得我们年轻一辈的文友好好学习。

首发式结束，我们乘船返回。短短的半天，爱好文学的我们收获颇丰。回访东方之星客轮，这一活动成为我们的记忆，这一文学元素或许有一天会在我们的作品中闪现。

重阳登高塔市驿

正是重阳日，又是周末，我们七八个同事相约，去邻市的塔市驿登高。

塔市驿小镇是一颗璀璨的湘北明珠，位于长江之滨，华容县境北端，与我们小城仅一江之隔，连接湘鄂两省，是石首、华容、监利三县（市）交通要冲。塔市驿镇，更像一个婴儿睡在小墨山的怀抱里。

我们登高的目的地是小墨山。小墨山并不高，但隔江的我们长年身处江汉平原，一见到山，已是兴奋不已了。

到长江对岸，得过鄢铺渡口，然后才能到达小墨山。长江的水位下降，渡口渡船难以行渡。等了一个多小时，我们分乘的两辆小车才最后上了渡船。上了岸，两辆车向小墨山疾驰。

秋日正艳，秋风未起，这是一个登高的好天气。中国人自古就有重阳登高的习俗，有些地方就直接将这个节日命名为“登高节”。我国古代把九定为阳数，农历九月九日，月日并阳，两阳相重，两九相叠，故名“重阳”，又名“重九”。汉末曹丕在《九月与钟繇书》中说：“岁往月来，忽复九月九日。九为阳数，而日月并应，俗嘉其名，以为宜与长久，故以享宴高会。”

大诗人王维写有《九月九日忆山东兄弟》：“独在异乡为异客，每逢佳节倍思亲。遥知兄弟登高处，遍插茱萸少一人。”我们知道，重阳节是登高节，更是一个思亲的节日。

将车停好，我们向山上进发。山路并不宽，我们走得也并不快；我们也用不着走得快，我们寻找的是轻松的心情。迎面的阳光，偶尔的清风，啁啾的鸟鸣，一路的欢笑，我们卸掉了身上的疲倦，忘却了心中的烦恼。

“看，有野生板栗。”同行的松清叫道。果然，几棵板栗树杂生在树丛，树上的板栗大多已经成熟了，有些已经掉在了地上。毛茸茸的板栗果，用脚一踩，板栗核就出来了。老钟顽皮起来了，将手中的矿泉水瓶掷向果树，期望得到更多的果实，不料，果实没掉下，那瓶矿泉水却掉进了山沟。

山路弯弯，没有惊险，两边是成片的密密的树林。几个女同事比赛似的叫着一些植物的名字，看谁认识得多。我猛然想起，这一天是要赏菊的。重阳赏菊在我国早已有之。重阳时节，正值菊花怒放，魏紫姚黄，清芳幽香，给节日增添了无限的色彩。晋代诗人陶渊明是一位狂放的菊迷。他在隐居时写下“采菊东篱下，悠然见南山”的诗句。他常对菊自语：“菊花知我心，九月九日开；客人知我意，重阳一同来。”宋代时赏菊成为盛举。无论皇室贵戚还是文人士子、小民百姓，都要赏玩菊花。文人士子们还举办社交宴乐性的菊花会，赏菊吟诗。我的眼睛在山上搜寻了半天，总算看到了几株野菊，小小的花瓣，却也艳艳的黄。

有人唱《野百合也有春天》，我说：“野菊花也有她的秋天。”

走过一片如海的竹林，我们望见了一片又一片的果园。秋日正是收获的季节，早就听说了塔市驿的橘子香甜，口感颇佳。今天，正好见识见识。路旁的橘子是可以自由采摘的，伸手可食。要想走到果园去摘，也没有人阻拦你。主人说：“只要你有肚子吃得下，想吃多少吃多少。”但如果要用袋子带走橘子，那当然得购买。

我们选好一片果园，问了女主人价格，请她帮我们摘橘子。她拿了剪刀，担着挑篓，下到了果园。想不到摘橘子是不能直接用手采摘的，用剪刀，才不会伤了它的枝条，来年的果实才会更多。感兴趣的几个同事也同女主人进了果园，帮着采摘。松清、辉哥看见了路边的柿子树，留下的静林、显红开始摘柿子。松清个子瘦，脱了鞋子，爬上了果树，摘下一个，就向下丢，由显红稳稳地接住。那树顶的，熟得更透，但够不着。显红从主人屋前发现了一个竹爪子，这不正是采摘柿子的工具吗？她们哈哈大笑起来，原来，是不用爬上树去采摘的。

我和燕在一棵果树下聊天。我仔细看了看这棵树，只有一人多高，却结着两种果实，左边是橘子，右边是橙子。显然，这棵树是嫁接过的。我们倒觉得新奇起来。拿出手机，给这棵奇特的果树拍照。

我们快要离开果园的时候，又来了一批登山客人。她们也是自由地走着，随意地谈笑着。和我们一样，也是这一天出来登高，放松自己的。

满载着橘子下山，我在心里也笑着。诗人王维登高时遍插茱萸，我们呢，登高满载橘子。

下山到小墨山农庄，这是我们午餐的地方。这一天当然要饮酒的，要饮菊花酒。古时重阳节饮菊花酒之俗，汉代已经存在，《西京杂记》即载有此事。据说古代的菊花酒，是头年重阳节时专为第二年重阳节酿制的。在重阳时节，采下初开的菊花和青翠的枝叶，与黍米和在一起酿酒，酿成后一直保存到第二年重阳食用。《梦粱录》则说：“今世人以菊花、茱萸，浮于酒饮之，盖茱萸名‘辟邪翁’，菊花为‘延年客’，故假此两物服之，以消九之厄。”俗说饮菊花酒可以令人长寿。从医学角度看，菊花酒可以明目、治头昏、降血压，有益身体健康。重阳佳节，在登高赏菊之余，饮上一杯甘甜、健身的菊花酒，更增添了节日的情趣。

胜日寻芳故道边

阳光明丽，春风和煦。

正是周末，写完一篇小文章之后，我伸了下懒腰。极少刷微信的我在同学群中发信息：如此良辰，有愿前往长江故道何王庙紫云英外景拍摄基地的朋友立即联系我，有车接送。

有好的诱饵，鱼自会上钩。一会儿，老班长建来信息，说偕夫人前往；一会儿，有信息反馈，有同学老五两口子已近长江故道；一会儿，有老同学雄说一小时之后赶到。

匆匆吃过午饭，我开车接了建他们夫妻二人，向目的地进军。车行驶在长江江堤上，开了车窗，春风拂面，好生惬意。

车程不过半小时。

长江故道，即长江已经改道的旧河道，密集分布地区主要集中在湖北荆江段。监利县境内的何王庙故道，为通江型故道，上游与长江隔断，下游与长江通汇。1968年经人工裁弯取直形成，全长三十三公里，宽约一公里。监利何王庙故道与热闹的城镇乡村，被蜿蜒曲折的长江干堤隔开，形成了独特的自然环境，孕育出丰富的野生动植物资源。

我们一下车，呈现在眼前的是一大片花海。一片又一片的紫云英，紫红的是花，青绿的是叶，像眨着无数双晶亮的眼睛迎接我们的到来。我们走近紫云英，仔细欣赏她的美丽。紫云英的花苞是呈三角形或卵形的，花儿白里透出紫红，如伞状撑开。细细纤弱的花瓣衬着绿色细小的圆叶子，一瓣紧挨着一瓣，形成一朵小花，一朵连着一朵，一片连着一片。躲开世俗的追捧，以个体的纤弱，汇集成海洋般的色彩。

紫云英，在江南农村也叫作红花草，人们只是把它作为稻田的基肥和家畜饲料。它还有另外一些名称，如翘摇、米布袋、红花菜、荷花郎、螃蟹花、草头花等。虽然是草，但也有花的宿命，每年都会当春绽放。这块花毯就是春娘用纤细的手指，用玲珑的心思绣出来的啊。

这可爱的紫云英，在长江故道沿线竞相开放，将当地万亩原生态牧场装扮成花海，形成了江汉平原少见的草原大美景观，难怪不少网友赞其为“人间仙境”。每年春天，这里吸引了众多荆州市民郊游踏青。

我们自由地呼吸着大自然馈赠我们的清新空气，我们自由地享受着这天然牧场带给我们的愉悦。我们拍照，我们轻轻地从紫云英身边经过，生怕踩疼了她的美丽。

紫云英的尽头，是成片成片的绿草。我们看不到草的尽头，我们叫她草原是没有错的。草原上有自由吃草的牛羊，有不时嘶叫的马。它们是没有缰绳的，像自由天堂的臣民，享受着神赐予的快乐。那些一对一对的马，它们应该是恋爱着的吧。

不远处是一片水域。在这辽阔的江汉平原，有着这样一片长江故道截留而成的水域，无异于上天给予我们的最大恩赐。不是经常见到大海的平原人，觉得它就像是一片海，气魄宽广雄伟。

我们在水边洗手，我们用清澈的水清洗我们布满灰尘的脸。有风吹过，水面上是一阵又一阵的波纹，像是美女脸上的笑意，仔细听，仿佛能听见她的笑声呢。水很清，像一大块碧绿的宝石，宝石里有着无穷的宝藏。水边的十几个垂钓者，或坐或立，静止了一般。也有带着心爱的人来钓鱼的，美人立在身边，他也一动不动，生怕惊动了就要上钩的鱼。

有一对渔民夫妻在织渔网。他们手中拿着竹签，迅速地缝补着手中的渔网。这故道的人们，避开了尘世的喧嚣，生活依然保有一份简单纯朴的质感。夫唱妇随，男耕女织的传统依然在沿袭。一回头，牛在，你也在，心里就踏实，生活就有滋味。这是让五柳先生也心生羡慕的生活哩。

我们想要划船，便向渔民夫妻租船。夫妻二人笑了笑："这还能要钱吗？随便划就行了啊。"

"得注意安全啊。"女主人又说了一句。

我们笑着上了船，讨论着怎样划船。老班长建的力大，但他划船却不快。老五的力度还行，却总觉得左右两支桨不平衡。他们划到了河中心后我想试试。谁想，一上手，我却将船划得飞快。

"哈哈，想不到你是渔民的儿子哩。"他们两人打趣。其实，他们在划船时，我暗地里揣摩着正确的方法呢。再说，我虽不是渔民的孩子，但确实是在东荆河边长大的。

我们划着船，行走在碧玉一样的河水中。河水清澈，河风清新，我们似乎忘却了所有的烦恼。

在河中转了一圈，我们依依不舍地上岸。渔民夫妻纯朴地对我们笑着："你们还行哩，这么快就划回来了呢。"

我们不停地赞叹着河水的清澈。一旁，有一名小学生正在兴奋地说：“昨天我也来了，我看到了江豚跳起来的样子。”

我们这才想起，这一片水域，其实是长江江豚自然保护区。2014年12月，监利何王庙长江江豚自然保护区晋升为省级保护区。2015年3月27日，农业部、环保部、中国科学院及湖北、江西、湖南三省在何王庙共同举行长江江豚大型迁地保护行动，将六头江豚从鄱阳湖运达何王庙水域。何王庙故道以独特的自然条件，为江豚这种古老的珍稀濒危物种建起了一个温馨的家。

今天，我们是看不到江豚跳起的样子了。不知道，这里能不能真正成为江豚温馨的家？

回家的路上，我们快乐地说笑着。老五对我戏言：“你说什么长江故道何王庙紫云英外景拍摄基地，我找了好久，上网查了也没查到，这回，又是你帮着起了一个美好的名字吧？”我哈哈大笑。

记得东坡先生曾在《记承天寺夜游》中言：“何夜无月？何处无竹柏？但少闲人如吾两人者耳。”如此话语，我心中也套用一番：何园无花？何处无河水？但少闲人如吾三人者耳。

辑五／大美民俗风

我在心间植一株清莲，让她亭亭立于我心间。每天，我用我的心跳和她约会，用我的心跳呵护她的绽放。我会用我张开的臂膀，为她挡住袭来的凄风冷雨。我会用我蓬勃的生命，为她换取生长的营养。

听取蛙声一片

青蛙是夏天这支大军的先锋。蛙声一响，夏天便到来了。

没有蛙声，就没有夏天。

小时的我们，夏夜在外乘凉，清风送来蛙声，进入我们的耳朵。在阵阵蛙声中，我们慢慢睡去，一觉睡到天明。

蛙声是夏天最美的乐章。

唐代诗人贾弇的五绝诗《孟夏》中写道："江南孟夏天，慈竹笋如编。蜃气为楼阁，蛙声作管弦。"我们可以想象，在水乡江南的初夏，子母竹竹笋像编排起来一样茁壮生长。蜃这种神物的吹气可成楼阁虚景，青蛙的鸣叫像奏乐一样。诗中把初夏时节水乡江南的蛙声比作管弦之乐，这样很有些气势。

同是唐代诗人的吴融也写诗云："稚圭伦鉴未精通，只把蛙声鼓吹同。君听月明人静夜，肯饶天籁与松风。"这里，诗人不赞成只把蛙声比作鼓吹的管弦乐声，他觉得如若于月明人静之夜，用心谛听，蛙声更是胜过天籁之音。这种感觉，更是美妙了。

蛙声是诗意的夏夜曲。

晚唐诗人韦庄咏道："何处最添诗兴客，黄昏烟雨乱蛙声。"黄昏时节的蛙声，居然可以引发诗兴。清代诗人查慎行晚年曾入冤狱，出狱之后吟："萤火一星沿岸草，蛙声十里出山泉。"诗意是说青蛙的叫声虽然远隔十里以外，但仍旧能够从山泉的响声中清晰可辨。这是诗人在倾诉自己心中的不平之气。"蛙声十里出山泉"是名句，后来齐白石还以它为题画了幅画，但重在绘其意境，没有了诗人的本意。

夏天多雨水，雨水一多，青蛙便有了温馨的家。因为有雨，青蛙的叫声就更卖力。爱下雨的黄梅时节，到处是青蛙的乐土。宋代诗人赵师秀的名诗《约客》写得更有情趣："黄梅时节家家雨，青草池塘处处蛙。有约不来过夜半，闲敲棋子落灯花。"诗中借黄梅、青草、池塘、蛙声、雨声这些物象，构成了独具韵味的江南夏夜之景：池塘边的青草因为雨水而湿漉漉的，水面上漾起了薄薄的水气，远处的梅树静静地立在夜中，蛙声清脆悠远，直入诗人心间。诗人描写的这种环境，看似"热闹"，实际上却反衬出一种"寂静"。可是，"有约不来过夜半，闲敲棋子落灯花"，诗人于焦躁之中又寻得一份难得的乐趣。"闲敲棋子"这一细节动作值得玩味。

蛙声更是田野的丰收歌。

唐代诗人章孝标在《长安秋夜》中写道："田家无五行，水旱卜蛙声。"蛙声重，说明雨水充沛，预示着五谷丰登。青蛙是农作物害虫的天敌，一只青蛙平均每天能捕食一百只左右的害虫，有的竟然可以捕食二百多只害虫。青蛙是庄稼的好朋友。正因如此，便有了南宋诗人范成大《四时田园杂兴》中"薄暮蛙声连晓闹，今年田稻十分秋"的诗句，蛙声是丰收的预兆，蛙声成为农人的精神寄托。难怪，著名词人辛弃疾在《西江月·夜行黄沙道中》一词中发出“稻花香里说丰年，听取蛙声一片”的赞誉：“明月别枝惊鹊，清风半夜鸣蝉。稻花香里说丰年，听取蛙声一片。七八个星天外，两三点雨山前。旧时茅店社林边，路转溪桥忽见。”在词人的感觉里，俨然听到群蛙在稻田中齐声喧嚷，争说丰年。这场景我们是见过的，但这种感觉我们没有写出来。要是有贝多芬为它们作曲，应该是一场美妙的交响音乐会了。

青蛙虽小，却也能以之明志。明代诗人、大学士张璁，少年时上学因在池塘边玩耍弄湿了全身衣服，老师正准备处罚他。正好池塘边的树下面蹲着一只青蛙，老师便要张璁以“青蛙”为题作诗代替罚跪。张璁略加思索，随口吟道：“独蹲池边似虎形，绿杨树下养精神。春来吾不先开口，那个虫儿敢作声！”

这首小诗救了张璁，使他得以免罚。张璁托物言志，以蛙自比，即使只是个小人物，在敌害面前，也应有老虎之英姿。“那个虫儿敢作声”，这是一种豪气，让青蛙的“万虫之王”形象跃然纸上。四百多年后，有志少年毛泽东抄录了此诗，并将第一句中的“似虎形”改为“似虎踞”，以表明自己的凌云之志也更加传神。这神来之笔，使原诗的气势得到了升华，更好地表现了自己的远大志向和英雄气概。

我们幼小时学过一篇课文《小蝌蚪找妈妈》，小蝌蚪找啊找啊，最后自己成了一只大青蛙。这是极富有童趣的事，不知道现在的课本中还有没有这篇文章？

如今的我，远离了家乡，很久没有听到自己想要的蛙声了。梦中，我们一直在思念着这天籁之音。什么时候我们能听到那童年的蛙声，找寻到属于我们自己的家园呢？

怀念书信

提笔写下文题的时候，我的心中涌起一股酸酸的味道。书信于我已是恍如隔世的感觉了。虽然，我每天会从我的电子邮箱里收到几封信件，隔三岔五地我也会从邮递员手里接过牛皮纸信封——或是用稿通知，或是样刊，但是这些所谓的叫作“信”的东西，它们已经失去了书信的意义，我在心里不把它们叫作书信。

一股暗流常在我的心头涌动，常常想迸发而出。我怀念那些有书信的日子，那种真正属于我的书信年代。

搬个小椅，或许会泡上杯好茶，清清淡淡的，然后，拿过邮递员递来的书信。那写有自己尊姓大名的信封，我竟也会把玩一番。我的目光当然停留在信封的右下角，看看是谁寄达我处的——当然，有时是不用停留的，信封上的字体，一落眼就知道了是谁。这时，他或她的样子早已在我的脑海中闪现，我也会忆起属于我们的快乐抑或惆怅却也让人铭记的日子。接着，慢条斯理地撕开信封封口，小心翼翼地撕拆，生怕弄坏了信封，更担心弄坏了友人邮来的深情。

喝着茶，细细品着茶的清香，也慢慢将书信展开，一字一句慢慢享用，眼睛盯着看，生怕看漏了一个字。读信的味道，也正如喝一杯茶，有时清香，有时苦涩。清香时暗暗细品，苦涩时暗自落泪。末了，再看看信纸反面，也许还可以读到一点儿暗示哩。有画一幅小图增添乐趣的，更有写个谜语让你猜个半天的。

这时，你回信的念头也就蠢蠢欲动了。有时慌忙拿过信纸——信纸也是有讲究的，有色彩绚丽的，有平淡如水的，得看你给谁回信，得看你的心情如何——草草而书，一气呵成，颇有曹子建为文之豪气。有时，将来信放上几天，再来看时，别有会意，这时动笔，颇讲章法，写完之后自己读上一遍，真感觉是篇情真意切的美文呢。不管怎样，回信时，给人的感觉就像是和友人在面对面地说着话。也许是豪情满怀，也许又是情意绵绵。

信一写好，便装进信封，信封上的字体也得选择选择。我是不习惯总用一种字体的，特别是“收信人”一栏，我会凭我的感觉另外书写一种字体，比如“地址”用正楷体，“收信人姓名”我就会用隶书。而右下角的落款处，那就肯定是自己签名式的行草了。小心翼翼地封好信封，马不停蹄地赶往邮政局。若是晚上封的信，须等到翌日早晨，这时又怕忘了这件事，便在记事板上郑重地写上“发信”二字。这样，才会安心地上床入睡。临投信进邮箱那会儿，我还会把信拿出来看看，想想是不是该写的都写了呢，真有种“复恐匆匆说不尽，行人临发又开封”的味道。信进邮箱，我便长长地吁出一口气。同时，另一种希望就已经潜滋暗长起来——什么时候，我才能收到回信哟？

有几个周末，我关了电脑，关了手机，将自己关进了书房，翻出我的一大袋信件——四百多封哩。然后，席地而坐，一封又一封地看起来，品味着我亲爱的亲友们传递给我的幸福，享受着一份真正属于我的快乐。曾经两次搬家，爱人对我说：“你还留下这些信件有啥用？不如把它们都扔了。”我拦住了她，说：“这才是属于我的真正的宝贝。”我知道，她是不知道书信的重量呀。

书信的往来，是人与人真正意义上情感的交流，更是一个人挺直脊梁的力量。“烽火连三月，家书抵万金”，是一颗挂念之心；“雁字回时，月满西楼”，是一种凄美之爱；“乡书处何达，归雁洛阳边”，是一片思乡之情。鲁迅先生的好多书信，激励了无数革命青年的成长；傅雷家书，培育了一个引以为自豪的儿子；张海迪和史铁生的书信来往，相互勉励，相互鼓舞，谱写着自己坚强的人生。我们，感受着书信的温暖，吸取着书信无尽的力量。

可是，书信这个精灵，似乎就要离我们而去……

社会在发展，人与人的情感交流也似乎趋于速成化，即使千里之外，一个电话或一封电子邮件，就能解决许多问题，再难找到书信的生存空间。我不是复古主义者，我有接受电子邮件的坦然心态，但是我还是更怀念真正属于我，属于我和我的朋友们的书信年代。

怀念书信。

旅　行

这是十多年前的一件事。

放假时，刚分配工作的我想要做一次短距离旅行，同办公室的老乐很是赞同，说："我也去一个。"老乐四十多岁了，我和他是忘年交哩。我心里也挺乐意，毕竟多了个伴儿嘛。

出游的目的地我们选在邻县的无名山，不远，大概游人也不会很多。我不大喜欢赶场子凑热闹地去下三峡游九寨。

我们约好早晨六点一同搭长途车前往。我赶到车站时，老乐已经等候多时。他拿着个相机，戴顶太阳帽，倒挺自在的。

"你的背包呢？"我忙问。

"要啥背包？"他望着我滚圆的大旅行包，笑着说。我也笑了，心想：怕是要和我共同享用我"精良的装备"吧。

一路搭车乘船，我除了花费几张人民币，好像什么东西也没派上用场，即便是晕车晕船药。到了无名山，和游人们一样，我们也赶着上山。走了不到一里路，我就感觉到肩头的背包有多沉重；而老乐，拿着相机，一会儿这里取景，一会儿那里拍照，乐个不停。我开始抱怨自己为什么要带这么多东西。露宿帐篷根本用不上，因为气候不适宜，况且这里的旅店好找，也便宜。那几本书也太沉了，外出游玩还带什么书？换洗衣服竟带了两套，这是时装表演吗？牙膏、牙刷、毛巾、肥皂，人家旅社里早备好了，价格也不贵。零食竟然也带了两大袋。还有，绳索、刀具、指南针，哪里用得上呀。

我向老乐求助，老乐早已走到前头。好容易叫住了吧，他给我的狼狈样拍了张照，丢下了一句话：“自己想办法处理吧。”看来，我只得想办法处理一下我“精良的装备”了。帐篷我折价卖给了一个小店店主，附赠绳索、刀具、指南针。那几本书，我先是丢，后来干脆送给了一个游玩的中学生。牙膏、肥皂等物和衣物，连同大袋子送给了一个捡破烂的老头儿。最后，只留下了一点儿零食，这是我马上要“解决”的。整个处理过程，我倒像一个没落的小商人，这哪里是在游玩？

好不容易“丢盔弃甲”完毕，以后的路，走得轻松，无拘无束，玩得也愉快。

如今过去了十多年。我已是主任科员，而老乐除了年龄增加了十多岁，什么也没变，还是个小科员，但他还像以前一样快乐，尽管他面临着老婆下岗、儿子待业、女儿考大学没考上等问题。我却总感到很累，成天应付公务，总想着自己的工作做得怎么样，会不会被提拔，怎么样赚更多的钞票，怎么样玩得潇洒。我很累，我想就此问一问老乐，老乐没再说话，拿出了那次出游时他给我拍的照片——我背着个大大的旅行包，脸上写满了无可奈何。

我懂了。

人生啊，就是一次旅行，你的旅行包里想装的东西越多，你就会感到越累。很多的时候，你想摘取离你最远的那颗星，你就会活得更累。顺其自然，其实就是一种真实，一种快乐，一种真正的生活。

坚硬的水

轻轻地，柔柔地，从岁月的隧道流过，如一支幽远的古曲；淡淡地，悄悄地，从沉寂的心头掠过，又如一声如雷的钟磬。因为找寻，你升腾为一片四处漂泊的云；因为守候，你凝结成一滴清晨沉睡的露；因为坚持，你消瘦成飞瀑下的一线涧水。

水！坚硬的水！

“黄河之水天上来，奔流到海不复回”说的是你吗？一片汪洋，望之不尽，不似天空遥不可及，不似险峰高不可攀。每天，只是匆匆、匆匆地向前飞奔。面对着这种博大与从容，人不能不暗叹自己的微不足道。还能有什么言语呢？唯有敬畏而已。在这里，黄河以一个强者的姿态告诉我：真正的胜利者，不是站在前台指指点点的人，不是自以为是、不可一世的人，而是面对世间的纷繁，勇往直前、永不退缩的人。

“飞流直下三千尺，疑是银河落九天”说的是你吗？百米之外，即闻水声如雷。近看，即见水滴千万奔腾而下，激起银浪无数。一阵风过，身边便如细雨纷飞，使人不免生疑：莫非来自天边？一路所见，尽是奇观异彩，唯她，洁白晶莹，不染纤尘，一改先前所见柔媚之美。与彩霞携手，借高山深涧，只为一展水之力量，水之玄妙。这时，瀑布的声音告诉我：只要有心，柔弱亦可化为刚强；只要有志，平凡亦可化为奇迹。

“乱石穿空，惊涛拍岸，卷起千堆雪”说的是你吗？水能载舟，水亦能覆舟。这话真是道尽了自然界的物质水和社会中平头百姓的特质。善待自然，善待百姓，真是一个道理。百姓逼急了会起来造反，自然逼急了也会反抗的，这些年来，世界各地的海啸、地震、天气变暖而引发的水灾，还少吗？你，让我懂得了什么叫作气势磅礴！

“随风潜入夜，润物细无声”说的是你吗？我的家乡属古云梦泽，南面浩浩荡荡的长江穿境而过，北面东荆河缓缓流淌，境内湖泊众多，河港密布。一部家乡的历史，应该就是一部与水共存的历史。东荆河水，莫不是我梦中的沧浪之水？“沧浪之水清兮，可以濯吾缨；沧浪之水浊兮，可以濯吾足。”家乡的河滩，满目皆水，到处都是水流的脚印。细细的、柔柔的印痕，细细的、柔柔的脚步。可就是这些看似细小的脚步，踏出了开阔，踏出了欢乐，踏出一片生命的天地。是的，她们成功了，再坚硬的岩石也不能不在她们脚下俯首称臣。她们或许不是奇迹，但她们却用自己纤细的手指创造出了奇迹！东荆河水对我耳语：我们或许无法改变与生俱来的特性，但是只要有梦，便有希望；只要用力呼吸，便能看到奇迹！

水之形，无处不在；水之魂，亦无处不在。世间之水，总是含蓄而不怯懦、雄劲而不张扬地向我们诉说着生命的坚强——如山，高峻挺拔，巍然屹立，在一成不变与瞬息万变中诠释永恒；如风，翩然起舞，日行千里，在千回百转之际笑看万物之僵行拙步。坚毅与力量，永远是水的主题曲！

只留清气满乾坤

勤以为民，廉以养德。从政不失勤，为官不失廉。

勤与廉，乃从政为官者“两条利足”。李商隐言：“历览前贤国与家，成由勤俭败由奢。”勤政，就是勤于政务，勤勤恳恳，兢兢业业，秉公仆之心，做人民大众之“牛”。于谦曰：“清风两袖朝天去，免得闾阎话短长。”廉政，就是廉洁从政，克己奉公，清正廉明，不谋私利，做不染污迹之“莲”。勤与廉这“两条利足”，相辅相成，互为条件，让从政者自由行走。

勤是快乐之源头，惰为自毁之开始；廉是幸福的源泉，贪是灭亡的开端。

勤与廉，乃从政为官者“两把利剑”。“一勤天下无难事”，唯有“勤”这把利剑，方能斩去诸多烦恼，消除心中杂念。“官以廉生威”，唯有“廉”这把利剑，方能斩去诸多邪念，开辟一方净土。勤廉并重，是反腐倡廉必然要求与选择。“唯廉可以破天下之贪”，为政者勤而不廉，其实丧失了做官之根本；“业精于勤荒于嬉”，为政者廉而不勤，“做一天和尚，撞一天钟”，其结果当然平平庸庸，就会贻误党和人民的事业。

不勤和不廉偏偏为“孪生姊妹”，懒惰常与腐败相伴，怠政总与贪污相随。其实，勿以官小而不廉，不以事小而不勤，为官之本在于廉，为政之要在于勤。贪婪是自由的桎梏，廉洁是自由的明灯。黄金虽好，但若做成镣铐，相信没有人愿意戴上它。

勤勉做事，廉正做人。

何以“勤廉”？常怀敬畏心，坚持以心系百姓为出发点。心存敬畏，行有所止。权力为一把双刃剑，既可造福人民，也可自损其身。从政为官者，无论手中权力大小，皆要学会正确把握权力行使之方向，时刻警惕权力之滥用。敬畏党纪国法，强化纪律意识与法治观念，坚定不移地落实各项方针、政策，不折不扣地按章办事，为民办事，不闯“红灯”，不碰“雷区”，提高依法行政、依法办事的能力，何以不勤？敬畏人民群众，学习“爱民如子，视民如伤”之典范，何以不廉？

何以“勤廉”？常怀律己心，坚持以勤廉相辅为着力点。精勤为民，清廉自守。“吾日三省吾身”，在思想上防蜕变，纪律上防松弛，经济上防贪占，工作上防失职，对待人、财、物等事关个人利益之问题，定要谨言慎行，慎之又慎。以勤为先，坚持“勤政爱民”，珍惜自己之工作机会，爱惜自己在群众中之形象，把全部精力移之为群众谋利益上来。以廉为根，坚持“廉洁立身”。严于律己，慎重交友，防微杜渐，不受外来侵蚀。

勤与廉相伴，廉与勤相生。勤而不廉要出事，廉而不勤要误事，不廉不勤更坏事。

勤者，如清泉般清凉，滋润百姓之生命；廉者，如花朵般美丽，美丽人们之生活。

勤者如牛，“但得众生皆得饱，不辞羸病卧残阳”；廉者如莲，“出淤泥而不染，濯清涟而不妖”。

勤廉者如石灰，“要留清白在人间”；勤廉者如墨梅，“只留清气满乾坤”。

蝴蝶翩翩入梦来

像一个个迷幻的精灵，自由地飘飞，忽上忽下，悠闲，自在。一会儿是密密的一团，是球状的奇观；倏忽又成了一对一对，成了年轻情侣们惹眼的风景。

蝴蝶翩翩入梦来。蝴蝶飘飞，成了一个蝴蝶的季节。

成群的蝴蝶确实是一种奇观。我常常惊叹于我所居住的院子蝴蝶之多——有时竟有千只吧，我估计。但我是不能数清的，它们自由地变幻着阵势，不等你走近，又集体大逃窜到邻家院子里去了。

后来读到一篇关于“蝴蝶泉”的文章，知道那儿的蝴蝶才真叫多、才真叫美丽了。在点苍山北峰，有一蝴蝶泉。蝴蝶泉内，蝴蝶种类繁多，每年的阳春三月到五月，蝴蝶大的大如巴掌，小的小如蜜蜂，成串悬挂于泉边的合欢树上，五彩缤纷。徐霞客曾在他的游记里这样描述：“还有真蝶万千，连须钩足，自树巅倒悬而下及于泉面，缤纷络绎，五色焕然。”诗人郭沫若曾到过蝴蝶泉，也曾写下“蝴蝶泉头蝴蝶树，蝴蝶飞来万千数，首尾连接数公尺，自树下垂疑花序”的诗句，足见蝴蝶聚会之盛况。我虽没有到过蝴蝶泉，但仅由此，便也可想象蝴蝶泉边的奇观了。

儿时的我，总想要捕捉几只蝴蝶，哪怕只是一只，也会觉得心满意足了。但是，总是事与愿违。比我大三岁的哥哥，他总能帮我用自制的丝网捕捉到一只又一只蜻蜓，却总是捕捉不到蝴蝶。我手里拿着那大眼睛的蜻蜓，觉得不好玩，觉得它总是用眼睛瞪着我，我只得将它放生。

要是有只蝴蝶多好啊。我总是这样想。等到我长大上了高中，读了大学的哥哥告诉我：其实当年的我并不是捕捉不到蝴蝶啊，只是蝴蝶那么漂亮，我是不忍心捕捉啊，那一只一只的蝴蝶，其实是一个又一个美丽的魂灵呢。

我似懂非懂，只觉得记忆中的蝴蝶是一个凄美的故事。

很小的时候，听瘪着嘴的老奶奶讲梁山伯与祝英台的故事，我从来不吵不闹。听着听着，老奶奶有时竟会掉下几滴泪来。我们什么也没听懂，只知道有两个人是两个非常要好的好朋友，变成了一对蝴蝶。后来上小学时跑了十多里土路去看《梁山伯与祝英台》的电影，看来看去，却睡着了，醒来时就问大人们：“蝴蝶呢，说有蝴蝶的呢？”

大人们便笑起来了：“蝴蝶呀，早就飞走了……”

可是两个人又怎么会变成两只蝴蝶的呢？我去问过瘪嘴的奶奶，她说她也不知道。我小学快毕业时壮了壮胆子，问我年轻的语文老师，他顿了顿，说：“为什么变成两只蝴蝶呀，你长大了就知道了。”以后的日子，我遇见蝴蝶，尤其是成双成对的蝴蝶时，就会躲得远远的，也不让伙伴们去捉她们，我说：“这是鬼蝴蝶！”后来，我知道人是不可能变成蝴蝶的。蝴蝶只是一种再平常不过的小生灵，它怎么可能是人变

窗外，两只蝴蝶上下翻飞着，嬉戏着。它们翩跹着，在一片片翠叶上停下，继而起飞，又在一串串粉白的细碎如米粒大的花蕾上栖落，继而再起飞。起起落落之间，我看到的是执着的寻觅。那一只只蝴蝶在找寻什么呢？我不知道，美丽的她们可否找到自己的前生？

人生如寄，在生命的花海中，你同样有过不倦的翩跹，而今你是否找到了那一个属于你自己前生的灵魂，可以与之相拥为一，在流光中说着契合的美丽？

恍惚间，我看到的又分明不是两只生灵了，那是一对情侣，在我的心头跳跃着，闪动着，飞入了我的梦中……

老家屋后大柳树上的花喜鹊

天边泛出一丝白的时候，花喜鹊的叫声响起来了。

黎明，这是村子里最准时的闹钟。

“喳、喳”，两只花喜鹊像一对新婚的夫妻般窃窃私语，叫醒着村子里的人们。

母亲起床了，拉开了家里的堂屋门。村子里，各家的大门，次第拉开了，间或发出吱吱的门轴转动声，算是和花喜鹊的声音应和着。

沉睡了一晚的小村子，开始了崭新的一天。那黑底的天空，慢慢变得碧蓝，慢慢变得亮白。有人开始在屋前的小路上慢慢地行走，和刚刚打开大门的老邻居有一句没一句地说着话。水塘边慢慢热闹起来了，洗衣的，淘米的，挑水的，时不时荡起一阵笑声。

喳喳，喳喳，花喜鹊的声音也大了起来。不只是一对了，两对 、三对、十多对，它们都起床了，立在柳枝上，开起了早会，又像是拙劣的歌唱选手比歌喉一样，因为它们发出的声音并不婉转。可是，它们的样子却是美的，叫着时头和尾向下摇摆着，矜持着；不叫的间隙，头和尾慢慢上扬，炫耀着。

我们小孩子也起床了，揉着惺忪的双眼，顾不上洗脸，却站在我家屋前，对着屋后的大柳树叫上几句："吵什么吵，这么早，我们还要睡呢！"说归说，花喜鹊还是叫个不停。我们心里并不气恼，其实这些花喜鹊是我们喜欢的鸟。它们在我家屋后的大柳树上已经生活了好些年。它们是我们最好的邻居，它们就是我家自养的鸟。

那时我家的老屋，是几间矮小的平房。中间是堂屋，堂屋的房梁上搁置着一些农具，有犁，有耙，有"独钓寒江雪"时穿着的蓑衣。堂屋两边是厢房，小小的两间屋子，大约仅能放下两张床罢了。右厢房前连着厨房，左厢房后就是那棵大大的柳树。

柳树很大，我一直认为那是我们村子里最大最老的树。我后来上中学查过资料，这种柳树，其实是枫杨树，大多生长在屋后，可长高至三十米。有的地方叫它"麻柳"或"蜈蚣柳"。我猜想这名的来由应和树的特征有关。树皮上是一条条纵深的裂痕，像一条条麻线，名之"麻柳"。它的果实一串一串的，像绿色的糖葫芦，又像长长的蜈蚣，名之"蜈蚣柳"正好。这果实，又像鸭嘴，我们小孩子亲昵地叫它"鸭比比"。

大大的柳树下是我们小伙伴游戏的好天地。我们捉迷藏，我们滚铁环，我们"跳房子"，我们"斗腿架"。我们在大树底下乘凉，我们在大树下成长。靠近大柳树的树根，不到八岁的我曾经做过建筑师。我从房屋四周找到些半截砖头，又在旁边用水和泥巴和成泥浆，用泥浆和半截砖头砌成了小小的房屋。小小的房屋里，下小雨的时候，我缩着身子居然可以进去避雨。

这棵粗大的柳树，应该有二十多米高，小时的我几乎望不到树梢，但我却可以看到树上的鸟巢。

这鸟巢，其实在几里外也是能看见的。鸟巢不止一个，最多的时候有五个。最大的那个鸟巢，应该有一平方米大。我曾细心观察过喜鹊筑巢的过程。喜鹊会选择柳树偏高的枝头，筑巢的工作得由雌雄喜鹊共同完成。筑巢的材料主要是枯树枝。丈夫疼爱妻子，衔树枝的任务当然交给了雄喜鹊。这大概是体力的原因，因为有些枯树枝确实有些重，即便是雄喜鹊衔来时也有些吃力。雌喜鹊呢，则负责设计共同的爱巢了。这巢，远看是一堆乱枝，其实精致得很。喜鹊不但善于编织，还善于抹砌。巢分为四层：最外层由杨、槐、柳枝叠成，枝粗细如铅笔，虽长短不一，但交错编搭非常牢靠，想单独抽掉一根是十分费力的；里面一层大多为垂柳的柔细枝梢，盘旋横绕成一个半球形的柳筐，镶在巢内下半部；再里面，第三道工序最为奇特，这是用河泥涂在柳筐内塑成的一个“泥碗”，碗壁上留下了深深的爪痕，显然这是用喙衔来一块一块的河泥，再用脚趾抓着“踏”上去的；最里面，还有一层贴身的铺垫物，这是用芦花、棉絮、兽毛、人发和鸟的绒羽混在一起压成的一床“弹簧褥子”。造巢的起初，喜鹊先在三根树枝的支点上堆积巢底，待铺到相当面积时，便站在中央沿四周垒起“围墙”，然后在“围墙”上支搭横梁，进一步封盖巢顶。巢顶厚实，枝条致密，骤雨下落，经久不漏。巢侧留一个圆洞，口径正适合喜鹊的出入。喜鹊营巢，常历时很久，从开始衔枝到初步建成巢的外形要两个多月，加上内部工程全部结束，约需四个月左右。

喜鹊营巢，我家中的父母也在营巢，在经营着我们的家。

我们兄弟三人先后出生，家境一般，日子过得有些艰难。村子里一位上了年岁的长者对父母说：“你家不用担心啊，屋后有喜鹊，鹊登高枝，一定会喜上眉梢的。”后来村子里有人新婚，婚房的玻璃上总会张贴剪纸，那剪纸的内容正是“喜鹊登枝”。幼小的我于是知道，喜鹊是吉祥的寓意，是好运与福气的象征了。

一年又一年，我家屋后的花喜鹊不停地在叫着。喳喳，喳喳，应该是说着“喜事到家，喜事到家”吧。喜鹊叫喳喳，好事到我家。我们兄弟三人成年后，我顺利参加了工作，大弟外出赚钱，小弟有了自己的公司。我们大家庭的家境越来越好。也许，这里边真有花喜鹊的一份功劳。

后来大学时读到唐代张鷟《朝野佥载》中《鹊噪狱楼》的故事，故事里记载着喜鹊的神奇：

> 贞观末，南唐黎景逸居于空青山，有鹊巢其侧，每饭食以喂之。后邻近失布者，诬景逸盗之，系南康狱月余，劾不承。欲讯之，其鹊止于狱楼，向景逸欢喜，似传语之状。其日传有赦。官司诘其来，云路逢玄衣素衿所说。三日而赦至，景逸还山。乃知玄衣素衿者，鹊之所传也。

“玄衣素衿”，不正是喜鹊的形象吗？一只喜鹊因为老吃“邻居”喂饲的饭食，对人起了感激之心，当主人落难的时候，不但亲自到狱楼上去传好消息，还化身为人，假传圣旨，帮助恩人脱难。这真是一个值得传颂的故事。

我又读到苏东坡先生的《喜鹊》词：“喜鹊翻初旦，愁鸢蹲落景。终日望君君不至，举头闻鹊喜。牧童弄笛炊烟起，采女谣歌喜鹊鸣。繁星如珠洒玉盘，喜鹊梭织喜相连。”

这时的喜鹊，是给人以美好期盼的象征了。人们说“鹊桥相会”，是一种磨难之后的惊喜与甜蜜。喜鹊啊，总是给人们带来美好！

喜鹊曾被儒家尊称为“圣贤鸟”。这应该是有原因的。喜鹊一年到头，不管是鸣还是唱，不管是喜还是悲，不管是在地上还是在枝头，不管是年幼还是衰朽，不管是临死还是新生，发出的声音始终都是一个调，一种音。这正与儒家所倡导的君子品格相同：恒常、稳定、明确、坚毅、始终如一。

喜鹊如儒家的君子，我们却做不了君子。前些年，有人发现如今的喜鹊，居然将巢安在了低矮的小树上，或者是光秃秃的电线杆上。有生物学家说，这是人类对喜鹊生存环境的破坏所致，值得人类思考。而我老家屋后的大柳树，也因为我家的房屋改造，被迫将其砍伐。大柳树被砍伐的当天，我故意不在家，因为我不想面对这样的现实。据说，那天下雨了，砍伐的时候花喜鹊不停地叫着，大声地叫着，喳喳，喳喳，短促而有力，苦痛而无奈。大柳树倒下的时候，花喜鹊的巢也倒下了，几个巢里有五六颗鸟蛋。我回家时没见到鸟蛋，倒认认真真地观察过花喜鹊的巢。那一刻，我的心里流着泪。我没有碰鸟巢的一根树枝。

如今的我，生活在城市，有着满意的工作，有着幸福的家庭。有时看到喜鹊，甚或只是听到一声鸟鸣，也总会想起我老家屋后的大柳树，想起大柳树上的花喜鹊。那几声喜鹊的叫声里，有着我童年的影子。那时午后的阳光里，总是流淌着我快乐的歌谣。

在心间植一株清莲

我是见过牡丹的。牡丹国色天香，富丽华贵，似乎片片花瓣都展示着雍容的丰姿，即便是小小的叶，也是高人一等，傲视群芳。她们是高不可攀的。我每天都能看到小草，遍地都是，用她旺盛的生命力诠释着自己存在的意义。她们又太平凡。

我不是敦颐夫子的嫡传，但我的心中总是对莲有一种说不出的向往。“香远益清，亭亭净植”，说尽了莲的性情；“出淤泥而不染，濯清涟而不妖”，写全了莲的精神。一株清莲啊，你就是我梦中的爱人。

“在心间植一株清莲。”我对自己说。

这一株清莲，她是不食人间烟火的小女子。她对世间的要求太少太少，一点儿阳光会让她欣喜不已，一丝微风会让她手舞足蹈，几滴清露，更令她泪花四溅。

这一株清莲，她从大观园中走来，是脱胎换骨的林黛玉，她弱不禁风，娇喘微微，成天嗜睡在我心的池塘。寒冷的冬天，是她害怕的季节，我心的血滴，这时就成了她的火炉，成天为她闪光。

这一株清莲，她总是充溢着诱人的气息，散发着迷人的情趣，孕育着惹人的果实。她用她青嫩的芽和蜻蜓捉着迷藏，她用她翠绿的叶和风玩着游戏，她用她或红或白的花和白云打着招呼，她用她洁白的藕尖自信地迈着前进的脚步，她用她黑黑的莲子谦逊地展示着内心的充实。她，其实是用她自己的生命，写着一首属于自己的诗。

这一株清莲，“可远观不可亵玩”。她不高贵，但她有她的矜持；她不华美，但她有她的优雅；她不骄傲，但她有她的纯朴；她更没有一丝艳丽，因为，她就是一株清高的莲！

我在心间植一株清莲，让她亭亭立于我心间。每天，我用我的心跳和她约会，用我的心跳呵护她的绽放。我会用我张开的臂膀，为她挡住袭来的凄风冷雨。我会用我蓬勃的生命，为她换取生长的营养。

在心间植一株清莲，这株清莲，是我每天的念想。

在心间植一株清莲，这株清莲，让我的生命一片芬芳。

我的影视生活

小时候，我最高兴的事莫过于看电影了。

要是有人在村子里说句："今晚新红村有电影……"人群就会沸腾起来。而说这话的人，也是一脸的神圣，像做了件大好事一样。其实，他也是听人家说的，或者在马路上看到有人骑着自行车驮着个大箱子走过，就猜想那大箱子里一定是影片了。但他的话仿佛就成了圣旨一般。

刚放晚学的孩子们也不贪玩了，一把拉过小板凳就开始做作业，做完了作业才好晚上往电影那儿赶。农田里喷着农药的大男人，也加快了速度，不然，完不成任务，家里的女人晚上是不放行的。年轻的男男女女就更高兴了，就像是到了他们的节日一般。女孩子们，很多时候都是有人来约的。她们没有化妆品，但衣柜里过年才穿的新衣服，今天当然得穿上了。男孩子们呢，尽量地让自己阳光干练一些。临出门了，不去看电影的大人们就会再三地叮嘱家中的孩子："小心啊，小心啊……"

还会叫上邻家的大孩子："你得给我看着他一点儿，别给弄丢了。"有大人去是最好不过的了，让人觉得安全，有保障。年轻的男女要一块儿走，但他们并不说过多的话。男孩子一个眼神，女孩子一丝嘴角的微笑，他们心里是再明白不过的了。走在路上，也不说话，一前一后地走着，但到了电影场，两人就汇合到了一块儿。电影开始了，也不知他们到哪儿去了。

十几人，或者几十人，走在田间的小路上，有说有笑，也有叫骂家中的小弟小妹走得慢的，真成了当晚的一道风景。常常，人们要走上十多里路，才会赶到电影场，电影当然是露天放映的。那里早已是人山人海。电影还没开始，人群早已沸腾。有摆出小摊的老奶奶，脸上的皱纹比田间的沟壑还深，在晚上也看得一清二楚。小摊上有五分钱一捧的香瓜子，有一分钱一杯的凉茶，偶尔，还有高粱和饼干，那是高档的零食了。小孩子们是要消费几分钱的，来上一捧香瓜子，吃上老半天，孩子有事做，大人也就省了心。

人们最爱看的电影是战争片，小孩子们这时候瓜子也懒得要了，全身心地投入到电影中来。正式放映之前也有片子的，我们叫它加映片，大多和农村农业有关，但我们也看得津津有味。我们觉得电影真是个神奇的东西。电影正式放映了，偌大的电影场也会安静下来，电影对白听得清清楚楚。有时我们得到放电影的消息迟了，就去得迟，那我们也有一种方法来看，就是在电影银幕的反面看，也还清晰，只是字是反的。但人少，我们也就可以自由地走动，不担心人家占去了自己的位置。战争片都很精彩，我们害怕那子弹真的打出来，落在我们的面前。有好几次，村子里的二娃在银幕下不停地找子弹壳，惹得大伙儿哈哈大笑。《鸡毛信》《小兵张嘎》《英雄虎胆》是我们看过很多次的片子。《小兵张嘎》我们至少看了二十遍，连台词也能背许多了，但再看也觉得新鲜。我们也看过《梁山伯与祝英台》，看的是昏昏欲睡，末了，就问“为什么人能变成蝴蝶啊”，好多大人也不能给我们解释清楚。其实道理很简单，当时的我们怎么可能懂爱情呢？在我的记忆中，《魂断蓝桥》也是看过的，当时真不知放映的是些什么情节，看完了电影，只是好不容易记得了影片名字叫“魂断蓝桥”。电影的名字是要记得的，不然第二天向没有去看电影的伙伴们炫耀时也就没有资本了。我曾经用一个小本子，记下了我曾看过的电影片名，不知这个小本子现在弄到哪里去了。

正式有板有眼地坐在电影院里看电影是看《少林寺》，那时全国人民都看这部武打片。学校组织我们集体去看了一遍，我们觉得很不过瘾，就还想看，但有人守着门。我们垒成人梯翻过电影院的围墙，看了个够。后来也有一次，父亲去电影院看《垂帘听政》，将我带了去，我虽然很是用心地看，但仍看不太懂，只记得片子里有几个人死得很惨，吓得我当时不敢正眼看银幕。

接着的几年，电影看得少了，电视看得多起来了。一部《霍元甲》风靡全国。村子里黑白电视机都少，更不用说彩色电视机了。少有的几部电视机，主人是不够大方的，生怕人家看坏了他的电视，将门关得紧紧的。偶尔有关系的人进到他家里去，能看上一集电视，那真是像中了大奖一样。人家在屋子里看电视，我们就在窗子下听电视。听，居然也是一种享受哩。也有大方一点儿的主人，将门打开了，但是要收门票，五分钱一个人。我们没有钱，就有人提议，上镇上去看看吧。我们当晚就向镇上赶。到了镇上，见到有人家屋子里荧光一闪一闪地，我们知道那是正在放映《霍元甲》。我们按捺不住激动的心情，立刻上前敲门。有人出来，热情地招呼我们进去。我们真是感动不已。想不到镇上的人们比村子的人好客得多，更有热情的主人还会倒茶给我们喝，我们即使口再渴，也还是连连摆手。我们觉得不能过多地打扰人家。

二十集的《霍元甲》只在周末播放，每周两集。放电视的时候，是用叉形的室外天线接收的，信号不是很好，接收电视时常常要两个人配合。一个人守着电视频道按钮，一个人在外扭室外天线。“再转一点点。”“好了好了，不能转了。”时不时地会出现这样的对话。有时实在接收不清晰，荧光屏很多的麻麻点点，但我们也目不转睛地看着。当《霍元甲》刚放完不久，村子里的电视机也多了起来。家里做了新房，家中生了胖小子，请客时娘家人都会送来一部电视机，哪怕是只有十一英寸大。这样，那些不开门的主人也就开门了。夏天的夜晚，将自家门前打扫干净，早早地搬一张桌子，将电视机放在桌子上。然后，将家中的板凳全请了出来，等候着村子里家里没有电视的人们的到来。谁家门前的人多，证明谁家的人缘最好。常常，禾场里满是人，像看电影一样。村子东头的谢大爷家，曾将家中的凉床摆出来让大家坐，不想坐了十多人，看《陈真》时将凉床给坐趴下了。大爷一点儿也不恼，呵呵地笑着说：“哎呀，是我家的凉床不结实啊……”

大约1993年左右，几乎每家都有了电视，看电视也就不是什么稀奇的事了。电视也能多收几个频道，也能有选择地看了。不久，很多家安装上了闭路电视，节目就更多了，但我们看电视却看得少了。接着，又出现了数字电视，一百多个频道，让你目不暇接，无法选择，看电视真成了一份累赘了。而关于电影，我们和他似乎成了陌路人了。好多的电影院成了商场。只有当一些所谓的国产大片或者美国大片的广告向我们狂轰滥炸时，我们的眼睛才有意无意地向他们瞟上几眼。

我的丰盛餐桌

如今的我们，时不时地就会上酒店餐馆吃上一顿。吃大鱼大肉自然是不在话下，野味吃过，海鲜也尝过不少次，但我们总觉得不满意。我们总是想起曾经拥有的丰盛餐桌。

那时的厨房是简陋的。一口砖块砌成的灶，灶上一口大铁锅；一个简易的菜柜，几乎连柜门也没有；再就是一张四条腿的餐桌，没有漆过，看得见大大小小的缝隙。就在这样一张有着大大小小缝隙的桌子旁，常常洋溢着阵阵快乐。

最抢手的莫过于盐蛋了。家里是有母鸡的，母鸡下了蛋，多了，母亲就会拿出去换点儿零用钱。蛋不多的时候，母亲就做成了盐蛋。盐蛋有两种做法，一是直接用盐水浸泡，二是用稀泥糊在蛋的周围，蘸上盐，再在草灰里一滚。这两种做法，都得过上一个多月时间才能吃。不然，时候不到，盐进不了，盐蛋很淡，是不好吃的。常常是母亲才开始做盐蛋，我们就想着那盐蛋的味道了。好容易等到吃盐蛋的时候，我们早早地守在桌子旁，不吵不闹，等着母亲将煮熟的蛋发给我们。发给了我们，我们兄弟几个并不急着打开吃，总会拿出去走一圈，在小伙伴们面前炫耀一番。然后，我会等着看贪吃的小弟弟先打开蛋壳，自己再打开。吃蛋时绝没有大快朵颐的情景。我们轻轻地在饭桌角敲碎蛋壳尖，再小心地用筷子尖慢慢地挖，挖出一小团，吃上一大口饭，一点儿也没有急躁的神色。等小弟弟吃完了，我的还有一半。那时我又是一番炫耀。

隔段时间也会有吃肉吃鱼的时候。有时是父亲上街卖了点儿小东西，更多的时候是姑妈或者舅舅来，父亲会专门上一趟街，割肉买鱼。看母亲杀鱼，也成了我们欣赏的节目。母亲将鱼的内脏用刀给挖出来，有鱼鳔，我们就争着用小脚踩上一下，啪的一声响，我们就哈哈大笑起来。肉常常是和一些小菜一起煮，绝对不会专门来一个炒肉丝的。比如来点肉丁，和着豆芽菜煨，才煨上几分钟，那香味就已沁人心脾了。上了餐桌，我们的一双筷子就如鱼鹰寻鱼一样寻找着肉丁，有嘴馋的小弟，找着了并不急着吃，存在自己的饭碗中，找得多了，再一一去品味。当然，这个时候，父亲母亲是不和我们抢的。他们和我们抢着吃饭，说一声“快没饭了”，我们赶紧往嘴里扒饭，生怕吃饭输在自家兄弟手里。过了好多年，我们才知道，父亲母亲是想让我们多吃些饭，身体长结实一些。

每年过年时母亲都会做上一顿丰盛的年夜饭。但到了这个时候，真的是“年饱”，我们的吃兴全无，都想着去玩鞭炮了。看来，小孩子的心中，玩，真的是大于吃的啊。

也有吃得“丑”的时候。一些日子没有吃鱼肉了，我们心里就想着吃一点儿。母亲心细，早就买了些猪油，熬化了，冷了后盛在玻璃瓶里，凝成固体。这样，我们吃饭时想吃肉，母亲就会抱出猪油瓶，让我们撮上了筷子，迅速地在饭碗里搅拌几圈。猪油就又化在了一粒粒饭上。我们吃着，就觉得真是猪肉了。你想想，冬天的暖阳照着，饭碗里的猪油闪闪发亮，真是一种享受！

但是，现在再也找不到那种吃猪油饭的美好感觉了。

我有小人书

岁月似刀，毫不留情地将皱纹刻上了我的额头；生命如歌，抑扬顿挫流淌着酸甜苦辣的曲调。我们在长大，我们在变老。慢慢长大变老的我总是忘不了人生之歌里曾经的一个快乐音符——小人书。

小人书，让我魂牵梦绕的小人书!

那时，我们管小人书叫“娃娃书”。我们觉得这名儿特亲切，那小小的书上有小小的娃，每天也由着我们小娃娃们来看，没有比叫它“娃娃书”更贴切的了。后来，读了更多的书，不仅知道它真名叫小人书，而且知道它还有个学名，叫“连环画”。当然，叫它“连环画”或者“小人书”我们都是不习惯的，就像村子里的伙伴都嚷小名“小狗”“铁蛋”似的，多么亲切呀。

我的第一本小人书是在放学路上捡到的《鸡毛信》，没有书皮，前后的好多页码都掉了，大概只有二十多页吧。我捡起就读，嘿，还真来劲了，坐在地上，倒忘记了回家。

这样，我开始迷上了小人书。班上有个叫建新的同学，他妈妈是村里的赤脚医生，常常给他买小人书。于是，我就想着法子和建新靠近，先是在一块儿做作业，然后再向他借小人书看。终于，功夫不负有心人，我和他倒真成了好朋友。他将他家里的小人书柜子全搬了出来，真让我大开眼界，居然有二十多本。就这样，每天一放学，我不是先回自己家，而是先去他家。当然成了他朋友的我是不用再帮他做作业了的，我如饥似渴地拿起了他柜子里的小人书。才一个星期，二十多本小人书全部看完。《丁丁历险记》《长坂坡》《秦琼卖马》就是在他家看的。每天看了，回到家对家里的两个弟弟又是一阵炫耀，然后有板有眼地给他们讲起这些故事。

真正让我大开眼界的是我在一次上街逛书摊之时。镇上文化馆的书摊上摆放着好多本小人书，令我目不暇接。我一问，知道可以买，也可以租。想买是不可能的，我的口袋里只有六分钱。租倒是可以，一分钱可以看两本，但是得坐在那儿看。我掏出两分钱，一下子租了四本。不一会儿就看完了，剩下的钱我不敢再租了，因为我还得去买一支铅笔。那租着看的四本小人书我现在忘了名字，但有另一本小人书——《桃园结义》我倒还记得。我一开始租书看时就瞄上了这本小人书，正好我还书时瘦瘦的摊主没大在意，我顺手“哧溜”一下将书放进了我的袖管。我也不知道哪里竟有了这么大的胆子。一离开书摊不过几十米，我立马撒腿就跑，也顾不得买铅笔了。看看没人追来，我从袖管里掏出了“胜利果实”，就在马路边蹲下，津津有味地看了起来。才看到刘备出场，一个声音叫醒了我：“小子，看你往哪儿跑，还真是你给顺手牵羊了哩。”我猛一抬头，正是那个瘦瘦的摊主。我心想一定会遭到一顿打骂了。结果，那瘦瘦的摊主说了句话：“小子，爱看书是好事，但不能偷呀。这书你喜欢的话就买下吧，定价九分钱，你给我四分就行。小子，要读书得先学做人哪。”我慌忙从内衣口袋摸出了剩下的四分钱，交给了他，然后，又没头没脑地跑了起来，真像是偷了人家的书一样。

《桃园结义》是我真正拥有的第一本小人书，它也让我记住了那瘦瘦摊主的话：读书，得先学做人。我不可能再去偷小人书了。我在房前屋后栽种了不少的蓖麻，悉心照料，居然可以卖些钱。这样，为我购买小人书奠定了强有力的经济基础。同时，我也用我的小人书与建新他们交换，交换的结果大多是我胜出。小学毕业的时候，我就拥有二百多本小人书了。我没有书柜，就腾出了我唯一的衣柜，将心爱的小人书小心翼翼地放了进去。然后一一编号，供人借阅。前来借阅的人有村子里的小伙伴，居然还有成年的叔伯们。不管是谁，我都约法三章：不得转借，不得损坏，按时归还。凡是违“法”者，不再借阅。

后来，我上了初中，觉得自己长大了，学习任务也重了，在我将小人书编号到368号时，我将“所有权”移交给了读小学的弟弟。等到我读高中，听说我的小人书只剩下二百多本时，马上又将“所有权”收了回来，将剩下的二百多本小人书放进了一个小小的专用书柜里，封存了起来，搁在了老家的楼上。

工作的间隙，我曾带着女儿逛书店，却极少看到小人书，看到的都是装帧更加精美的卡通图书。摸着硬硬的卡通纸片，我竟然有了一种失落感。小人书是影响我一生的精神食粮。在小人书里，我认识了关羽、宋江，认识了邱少云、黄继光，认识了孙悟空、福尔摩斯；从小人书里，我懂得了什么是丑什么是美，我能从一个人的画像看出这个人是奸是忠；在小人书里，我吸收到了中华传统文化的精华；也是小人书让我早早地接触到了文学，走上文学的道路。

看着正津津有味地翻着卡通画册的女儿，我问：“你想看小人书吗？”

“什么是小人书呀？”女儿反问道。

我的心里如翻倒了五味瓶一般。我的脑海里浮起一幅若干年后关于我的画面：一个鹤发童颜的老者，双手捧着一本小人书，正津津有味地翻读着，翻读着那些魂牵梦绕的岁月……

我们信任你

上个月，我到邮政局去取稿费。这是一家小报寄来的稿费，就三十元钱。

在窗口递进稿费单，我才想起自己没有带身份证。我看了看窗口里的工作人员，圆脸短发的一个二十多岁的女孩儿，大多的时候都是她为我汇兑稿费单子。我只知道她姓王。她盯着我，目光里传达出让我拿出身份证的意思。我顿了一下，说："对不起，我身份证忘记带了，小王美女啊，你看能不能就替我取了啊？"

"那……不行吧。"小王说，"得有身份证明哩。"

"你……大概认识我吧。"我猜测着说。因为她帮我汇兑了不少的稿费单。

"是啊。我认识您，您是我们这座小城里写文章的陈老师啊。"小王笑了笑说，"可是，我们信任你，那也得有身份证才行。"

我有些着急，在口袋里摸了摸，居然摸到一个证件，我的驾驶证。我递给她说：“这，驾驶证能行吧。”

“不行的，得用身份证。”小王说。

我有些生气了，说：“你认识我，我也有驾驶证作为证明，怎么就不能取一张仅仅三十元的稿费单了呢？”小王只是跟我说：“得用身份证。”我有些急了，真想一把撕掉这张单子，但我又知道这做法确实不文明。

我没有办法，正准备转身走，看见了邮政局的李科长，她正值班，她的儿子去年刚从我任教的班级毕业。

我像遇见了救星，说了情况。李科长到窗口对小王说了声：“办了吧，这是我家孩子的老师。”

我终于取到了我的三十元稿费。

在我的记忆中，我的父亲曾经也取到过三十元钱。

那是二十八年前的事了，那时我不过十二岁，刚考入县重点初中张场中学。父亲骑着自行车，带着我到学校去报名，报名费一共交纳了六十五元。走出校门的时候，我们发现校门内张贴了一张告示，其中有一条是说：教师子女可以免除三十元杂费。父亲当时是民办教师，当然属于免除子女三十元杂费的范围。可是，父亲说：“我什么证明也没有带来，大概不行吧。”

硬着头皮，我们父子俩来到了学校财务室，一说来意，一位姓黄的校长说：“好啊，可以退给你们三十元钱。”一位姓曾的会计忙着递给了父亲三十元钱。

父亲说：“我没有带什么证明来哩。”

黄校长说：“我们信任你啊。”

父亲接过了三十元钱，拉着我出了校门，我们庆幸不已，想不到还可以免除三十元杂费，而且居然是这样简单。三十元钱，在那个年代，并不是一笔很小的数目，够家境不够好的我们生活好一阵子了。

经过这次取稿费的事情，我在想：那个黄校长和曾会计怎么就相信了父亲是名教师呢？要是有人冒名，或是有人弄虚作假，那怎么能成啊？怎么简单到不用父亲签一个姓名的手续呢？

同样是取到三十元钱，同样在说“我们信任你”，可是，一次如此简单，一次如此麻烦，这是社会的进步还是退步呢？

雪　　年

记忆中有雪才过年，过年才有雪。雪是年的衣，年是雪的魂。过年时没有雪，年便没了气氛；雪不在过年时下，雪便没了精神。

年，给了孩子们欢乐的自由时间；雪，给了孩子们欢乐的广阔空间。小孩儿盼过年，过年了，有吃有玩有压岁钱。年饱年饱，孩子们过年时即使是山珍海味，也只是吃上一点点。窗外的雪，才是孩子们的天地。邀上七八个伙伴，在雪中堆雪人、打雪仗，偶尔也来点儿诗兴："北国风光，千里冰封，万里雪飘……"也有人大声吟诵"千山鸟飞绝，万径人踪灭。孤舟蓑笠翁，独钓寒江雪"。但在下雪时，我从没看见过雪中垂钓者。我倒是做过一个垂钓者的梦：冰天雪地里，我披蓑戴笠，独自在江中垂钓……

河中冰雪厚的时候，是可以在上面滑冰的，但我们都很小心，怕掉进河里。雪融化时，屋檐下就会挂着一排排尖锥形的冰凌，也有调皮鬼取了冰凌偷偷塞进别人衣领，冰得人哇哇大叫，大伙儿便哈哈大笑起来。

雪时拜年别有风味。我总是会想起儿时，我们一家人到外婆家去拜年的情景。雪白的天地里，行走着我们一家人，我不过五六岁的光景，跑在最前边，踩下一串串的小脚印。弟弟坐在父亲的肩头，时不时地发出哈哈的笑声。母亲呢，提着拜年的小礼物，走在后头。我们有一句没一句地说着话，走过的整条路上全是温暖。

看着窗外鹅毛般的大雪，出门一点儿也不用急，不用像下雨时要打伞穿蓑，只管走就好了。在雪中行走比在雨中更有情趣。雨会打湿你的衣裳打湿你的心，雪呢，披在你身上给你加了件羊皮袄般，温暖着人的心。途中要是遇上兔的脚印，你还可撵上一段，或许能逮上只野兔去下酒。到了人家，你只需拍拍身子，雪立马全抖落了下来，衣帽全然未湿。一挂鞭炮，是洁白中的一点红，还没放完，孩子们早已围拢来抢，仔细找寻着还没放完的鞭炮。

“晚来天欲雪，能饮一杯无”，大人们说笑着围在火炉边开始喝酒，锅中不停地下着雪地里揪回的冬白菜，酒壶里的酒在不断减少。时间便在这酒话中不知不觉到了夜晚，但天色是不会暗的。即使是深夜，醉醺醺的你照样可以借着雪的亮色踉跄回家，让你过足一回“风雪夜归人”的瘾。

“梅须逊雪三分白，雪却输梅一段香”，梅与雪似乎是孪生姐妹，不相上下，争相装点着这个世界，装饰着人们的精神。

“瑞雪兆丰年”，有瑞雪就会有丰年。人们总是在丰年里期待着瑞雪，在瑞雪里品尝着丰年。年年如是，周而复始。

“大雪小雪又一年”，又是一年来到，会下雪吗？

我是建造师

曾经，我是个小小建造师。

那时，我还只是上小学三四年级，我迷上了建造，建造我自己想要的小屋子。

我家中有小弟，只是小我一岁多。建造房子，当然是我最好的帮手。我们两人联手，建造一所小屋子不到一个小时就成功了。我建造好了第一个小屋子之后，会帮着弟弟再建造一个同样的小屋子。然后，我们坐在自己的小屋子里，你看着我，我看着你，笑个不停。这样的小屋子，其实也仅能容下我们小小的身躯。这样的小屋子，我们每个星期都会建造一次，建了再拆，拆了再建，乐此不疲。

我们的建造水平慢慢提高，我们的小屋子建造得更美更实用。我和小弟认真地观察过砌墙的瓦工师傅，大略地知道了砌墙的方法。于是，我们的小屋子不再简陋。它的三面，我们全部采用了砌墙的方式。而砖的来源，就在房前屋后，那些随处可见的半截砖成了我们喜爱的建筑材料。偶尔找到了整块的红色砖块，我们会欣喜一阵。我们慢慢地琢磨和泥的诀窍，懂得了这砌墙的泥宁可干一些而不能太稀的道理。小弟找到了一把旧的瓦刀，在砌墙时派上了用场。我们最初砌的墙，砌不到半米高，墙却倒了。我们知道除了因为泥的黏度不够，还要注意慢慢升高的墙体是绝对不能倾斜的。于是，我们借用了细长的棉线，系上小瓦片，让其自然垂下检测墙体是否倾斜。这从技术层面解决了问题，我们小屋子的墙体可以砌到一米以上高了，这正是我们想要的高度。小屋子的椽子，我们选用那些笔直的粗树枝来充当。这样，小屋子的屋顶盖上了瓦片。小屋子的南面，我们是不用砌墙的，这里是留作门的。我们寻找到成形的木板，用斧子稍微修理一下，就成了我们小屋子可以自由开关的门。

建造完毕，我和小弟会立即坐进我们的小屋子。这样的屋子，我们是不拆除的，它是完全可以遮风避雨的。好几次下雨的时候，我们高兴地坐在我们的小屋子里，看雨水从小屋子的屋檐，一滴一滴地落下。

两个小小少年的幸福，就在这一滴一滴的雨水声中荡漾开去。

小小建造师，总是在建造着自己的梦想。建造的过程，其实是在不断地磨炼自己，提升自己。慢慢长大的我们，沿着梦想的丝带，一路建造着自己的未来。可如今成年的你我，又将建造些什么呢?

怀念一本书

我出生在农村，记忆中的家不过是两间小平房，屋子里也没有什么家具。但有个刷了红油漆的书桌，书桌上总是放着《三国演义》。这书是父亲花了一元四角钱从一个地摊上淘来的，有上、下两册。父亲是民办教师，教学之余种田，种田之余也爱看书。《三国演义》是父亲最爱的书。每有余暇，他便捧上《三国演义》看一会儿。母亲叫他吃饭时，他也舍不得放下书来。那痴迷的样子，让幼小的我觉得有些可爱。

20世纪80年代，我和大弟不过十多岁，都在上小学。见父亲爱看这本厚厚的书，我们似乎也有了兴趣。我读五年级，弟弟读四年级。那一天我们刚刚放学，父亲还没有回家，看着红书桌上的《三国演义》，我们心动了。我们两人捧起《三国演义》开始读起来。一拿到手，我们就放不下了。我们最先翻看的故事是“桃园三结义”，刘备、关羽、张飞三人的出场给我们留下了深刻的印象。可惜的是，书中的好多字我们并不认识。我和弟弟遇到生字就跳过去。这种做法居然不大影响我们对故事情节的理解。

父亲回到家，看到我们正读《三国演义》，哈哈大笑起来：“你们两个小子也能读吗？”

我们点头，弟弟说：“我们正看武艺最强的吕布呢。”

父亲没有阻拦我们读《三国演义》，反而我们时常缠住父亲，请他给我们讲书中的故事，讲那些我们读不懂的情节。但父亲太忙，只能给我们讲一些梗概。我们阅读《三国演义》的兴趣更浓厚了。毕竟父亲讲三国故事的时间少，止不住我们的瘾。于是，我们正儿八经地捧起了书。《三国演义》的上、下两册，我和弟弟一人一本。一放学，我们迅速地完成家庭作业，然后不约而同地捧起《三国演义》。我们坐在门前的矮凳上，要是星期天没有什么事，我们一看就是一整天。

不到一年时间，我们将整本《三国演义》看完了。可是，还觉得不够，于是我们又从头开始阅读。这时，我看得仔细了一些，有时遇到生字，也会停下来查查字典。

也不知什么时候，《三国演义》的封面被我们弄破了，我们细心地找来糨糊，将封面补了补。封面是修复好了，可是，那书脊的胶似乎要脱落了。这下，我们没了法子，再看书的时候，只得小心翼翼地翻书页了。

后来，家中的小弟也慢慢长大。他总会张大嘴巴，睁圆了双眼，听我们两个哥哥讲讲三国故事。等到他上小学时，也像我们一样，会拿起那没有封面的《三国演义》看一看。不过，可能是没有人伴读的原因，小弟总觉得没有我们读的三国故事精彩。

夏夜乘凉时，我们父子四人会自然而然地开始讨论三国故事或人物性情。月亮升起来了，一旁有蟋蟀在畅快地叫着，母亲拿着蒲扇在我们身边轻轻地摇着。三国中的人物，在我们眼前一一浮现。

后来，我外出求学然后上班，大弟南下务工开了小店，小弟也有了自己的公司。我教学时会说到三国；二弟开门做生意，小弟管理自己的公司，他们说，和客户交往，有意无意地总是会提到三国中的人物。

这一本书居然成了我们家庭的精神泉源。

如今，我们总是想起那些有月亮的晚上，从父亲口中慢慢吐出的三国故事。那皎洁的月光照耀着我们。我们也会想起坐在门前矮凳上，兄弟们一起翻看那本破落了封面的书的情景。这些情景，其实就是我们人生最美好的照片。

光明就在自己的眼前

1982年，我九岁，我的弟弟七岁。

在乡下，每年的除夕夜和元宵节，孩子们都会提着灯笼出来玩。除夕夜本是伸手不见五指的，有了灯笼的光亮，到处都散发着温馨了。元宵夜是有月亮的，但还是有伙伴将自己心爱的灯笼提出来游走，那灯笼泛着淡淡的光，像是夜晚眨着迷人的眼。

但这一切，似乎与我、与我的弟弟没有关系。

我们没有灯笼。

在这之前的两年，父亲说："你们俩都还小，买灯笼的事等两年再说吧。"我们两兄弟就用羡慕的眼神看着一个个如流星般走过的灯笼。之后的一年除夕，父亲说："你们两兄弟想提灯笼出去啊，也来不及买了，这样，今年的除夕你俩打着家里的手电筒出去玩玩吧。"晚上，我们兄弟俩就打着手电筒出去玩了。黑黑的夜里，我们听到了伙伴们鼻子里发出的声音，那声音里满是瞧不起的意味。

其实，我们兄弟知道，父亲并不是不想给我们买灯笼，是因为家中的日子实在是太窘迫了。爷爷奶奶常年卧病在床，我们兄弟俩上学也得花钱，还有，一年到头了，家人还得有计划地添点儿新衣裳，或者买点儿年货。

但是，就在这一年的腊月三十，父亲上街给我们买回来两个灯笼。父亲是挑着一担柴上街的，卖了柴给我们买了灯笼。

我们高兴得跳了起来。

可是，父亲没有买灯笼专用的蜡烛，那种能够淌着眼泪的红蜡烛。

原来，父亲的钱只够买一个灯笼和蜡烛的，父亲之所以没买蜡烛，是因为他用蜡烛的钱又买了一个灯笼，这样我们兄弟俩才会每人都有一个灯笼的。

但是，父亲又说："孩子，光明就在自己的眼前啊。"

他找来了两个旧的墨水瓶，清洗干净，倒进去煤油，又找到母亲缝补衣物废弃的线头，用来做灯芯。

除夕之夜，我们兄弟俩提着灯笼出去的时候，成了伙伴们的焦点。因为我们的灯笼比他们的都亮，而且，我们的灯笼不用换蜡烛，亮得时间长。他们的红蜡烛，只是亮上一会儿就熄灭了，还得央人再换上一根蜡烛。

伙伴们就都让他们的父亲来向我们的父亲请教，父亲也只是笑了笑，说："光明就在自己的眼前啊……"

多年以后，我读书、参加工作、成家，每每遇到困难的时候，我都会想起父亲的那句话：光明就在自己的眼前啊。

品　三　国

新三国，真英雄之史诗也。大英雄者，可敬，如曹操、刘备、孙权者之流。中英雄者，可嘉，如关云长、孔明、司马懿、周公瑾之流。小英雄者，可爱，如陈宫、马谡、审配，甚或汉献帝之流者。可爱之小英雄，更见骨气，更值玩味。

英雄相惜，小人相轻。

英雄者，非体力强壮者，亦非能使千军万马者。如曹操，狂妄之奸雄；如刘备，冷静之雅雄。

狂妄与冷静，英雄之关键者也。

观三国，知良臣择主而事之理，亦知如今领导与下属如何处理关系之理也。许攸之投曹操，反被许褚刃之，非主不善，实自己过狂也。孔明之事刘备，诚为君臣相聚之典范。

进攻者，非置人于死地为佳者也。孔明于赤壁之留曹操者，盖为后分三国蓄谋也。司马于空城之避诸葛者，盖为养寇自重谋也。真英雄，皆知音者也。

刘备送徐庶，徐远走，刘言“替吾伐木，其挡徐之去影”，其情之深，可见一斑。王实甫之《西厢记》中崔莺莺送张生，有“青山隔送行，疏林不作美，淡烟暮霭相遮蔽”之句，与之意境相比，过矣！

新三国之取舍，以凸显英雄形象为原则剪裁。此原则，众不解，余独乐之。

三顾茅庐之笔法，多用衬托。用能歌之樵夫、明礼之小童、多才之崔州平、博学之诸葛均、多识之黄承彦正衬诸葛亮之不凡，用张飞与关羽之不屑态度反衬诸葛亮之高雅。

新三国，多有详略。桃园结义，略之，实则不当；七擒孟获、收姜维，省之，亦不佳也。盖为与前三国剧异之故乎？

待人处事，均须有收有放，会把握分寸。三国故事，善战者诱敌以入，敌入半即击，乃常规也。樊城战时，不杀曹洪；华容道里，放走曹操：此乃用兵之分寸。爱子曹冲暴亡，人皆疑曹丕，待见结果，曹操令不得再言，亦处事之有收有放者。战马超后，曹操休兵，谓之收，乃为后之续也；蜀汉小廷，孔明聪慧，然征战日久，终败而归，乃不知收放之理也。

三国之中英雄气概，如曹操之威，如刘备之冷，如诸葛之慎，如司马之愚，皆人中之雄者也。

刘备愈冷，愈见其之猾。对子龙面摔阿斗，与陶谦三让徐州，借东吴之荆州，不忍取刘璋之益州，卒令孔明替阿斗，皆其冷之事，皆其猾之事。观新三国，吾觉刘备乃真奸雄耳。

三国人物多好音乐。孔明抚琴，即便空城之时；司马弹曲，抑或解甲之际；孙权吹箫，其小妹新亡故也；公瑾奏乐，其夫人欢心故也；孟德赋诗，亦有曲相伴；阿斗饮酒，常有女相舞。是英雄，非英雄，皆音乐人也。由是观之，今人不可无乐耳。